“高等学校中文一流学科参考教材”编辑出版工作委员会

高等学校中文一流学科参考教材

中国古典文学简史

陆侃如 冯沅君 著

山东大学出版社
SHANDONG UNIVERSITY PRESS
·济南·

图书在版编目(CIP)数据

中国古典文学简史 / 陆侃如,冯沅君著. --济南:山东大学出版社,2022.11

高等学校中文一流学科参考教材

ISBN 978-7-5607-7447-3

Ⅰ.①中… Ⅱ.①陆…②冯… Ⅲ.①古典文学-文学史-中国 Ⅳ.①I209.2

中国版本图书馆 CIP 数据核字(2022)第 065549 号

责任编辑 张铭芳

文案编辑 滕正辉

封面艺术 徐 超

中国古典文学简史

ZHONGGUO GUDIAN WENXUE JIANSHI

出版发行 山东大学出版社

社　　址 山东省济南市山大南路 20 号

邮政编码 250100

发行热线 (0531)88363008

经　　销 新华书店

印　　刷 山东蓝海文化科技有限公司

规　　格 787 毫米×1092 毫米 1/32

4.125 印张 63 千字

版　　次 2022 年 11 月第 1 版

印　　次 2022 年 11 月第 1 次印刷

定　　价 24.00 元

“高等学校中文一流学科参考教材”总序

中国最早的教材要数相传孔子教弟子用的《诗经》《尚书》《乐经》《易经》《仪礼》《春秋》，这六部书被称为“六经”，师徒相授，代代不绝。教材是对先民历史和智慧的总结，具有系统性。《礼记·经解》说：“其为人也，温柔敦厚，《诗》教也。疏通知远，《书》教也。广博易良，《乐》教也。絜静精微，《易》教也。恭俭庄敬，《礼》教也。属辞比事，《春秋》教也。”《史记·太史公自序》：“《易》著天地阴阳，四时五行，故长于变。《礼》经纪人伦，故长于行。《书》记先王之事，故长于政。《诗》记山川溪谷、禽兽草木、牝牡雌雄，故长于风。《乐》乐所以立，故长于和。《春秋》辩是非，故长于治人。”用现在人的眼光看，是完整的“教材体系”。这个教材体系，经过千百年的阐释而不断丰富，成为中华民族文化的“根脉”。辛亥革命推翻了帝制，1912 年教育总长蔡元培主持制订颁发《普通教育暂行办法》《普通教育暂行课程标准》，废除了“读经科”。我国的小学、中学、大学课程体系逐步走上了一条与国际接轨的新路，教材体系也随之改变，从民国间商务印书馆的全套教材，可以看到它的面貌。“读经科”废止后，“五经”的内容并没有中止传播，而是经过调整散入了新的课程体系，不过对这些经典的诠释有了全新的角度，“五经”转化为“历史文化”。时至今日，大学分科早已成熟，文、史、哲、政、经、法、数、理、化、生物等等，门类齐全，应有尽有。与之适应的教材也同样体系完备。教材是一个国家教育水平的基本标志，学术体系、学科体系、话语体系、教材体系、评价体系的建设，成为加快构建中国特色哲学社会科学体系的组成部分。2017 年，国务院办公厅发布关于成立国家教材委员会的通知，决定成立国家教材委员会，旨在加快构建中国特色的教材体系。为响应中央号召，山东大学文学院决定组织出版“高等学校中文一流学科参考教材”，把中国语言文学学科具有参考价值的教材修订重印，同时把正在使用而尚未正式出版的优秀教材进行完善，正式出版。希望教育界的同行试用或参考这些教材，提出修改意见，使这些教材逐步成为适应新时代课程体系的成熟教材。历史经验告诉我们，教材建设是一项复杂的工作，优秀教材是在教学实践中逐步形成的，有一个被接受、被认可的过程。例如郭在贻先生的《训诂学》，1986 年由湖南人民出版社出版（周秉钧主编的“古汉语学习丛书”之一），以其独创性和实用性，逐步被教育界、学术界认可，2005年中华书局出版的修订单行本，被誉为“训诂学的经典教材”。其间经历了二十年的历史。我们把这套教材叫“参考教材”，正是本着这样的思路。我们希望用这样的方式为国家教材建设做出一定的贡献。

这项工作得到各位专家教师的积极合作，山东大学文学院用学科建设经费予以资助，山东大学出版社予以大力支持，谨此申谢。

杜泽逊

2022年5月8日

内容提要

本书从我国文学的起源讲起，讲到五四运动为止，系统、扼要、有重点地叙述中国古典文学史的发展。全书分做六个阶段，在有些阶段中，再按照文学史的演变分做若干时期。全书通过古典作品丰富多采的文学样式，着重地叙述我国古典文学史中的现实主义与积极浪漫主义传统、人道主义精神以及热情的爱国主义。在每一时期中，叙述时代特征，说明文学的流派，叙述重要作家在文学史上的地位和成就，以及他所处时代的文学风貌和他在文学史上的影响。对重要作品给予具体的、扼要的分析。所引作品并加简明注释，每章后还附有习题。

自 序

抗战前,我们曾合写过一部《中国文学史简编》。解放后,动手修改,写成二十万字的"修订本",由作家出版社出版。现在又压缩一下,成为这部六万多字的《中国古典文学简史》。除叙述更简单外,在见解上"简史"和"简编修订本"是没有什么差别的。为水平所限,这些见解一定有不少的错误,希望读者多多指教。

这部"简史"是为中学水平的读者写的,所以我们在编写时曾征求过一些中学教师的意见和中学水平的青年朋友的意见。为了读者的便利,我们对于所引的例句都加以简单的注解,并且也附列了一些复习的题目。但书中一定仍有许多不合要求的地方,渴望随时指正。

一九五六年四月,于青岛。

目　次

一　引言

现在我们全国人民都在中国共产党和毛主席的正确领导下,全心全意地为建设社会主义社会而努力。我们知道,社会主义建设的最高目的,就是要不断地提高人民的物质生活和文化生活的水平。提高文化生活水平的工作是多方面的,其中主要的一个是:广泛地发展文学艺术事业,拿爱国主义和社会主义的精神去教育广大的人民群众。

什么是文学呢? 文学是艺术的一种。一切艺术都是通过具体的生活形象来反映生活的本质的,文学就用语言文字所创造的形象来反映生活。作家在创作的时候,必然会把自己对于生活的看法,对于整个周围的世界的看法,都渗透在自己的作品中。所以好的作品能够鼓励我们前进,而坏的作品就会拉着我们倒退。这就是文学的社会意义。

*　　*　　*

在我们伟大祖国的悠久而光荣的历史中,曾产生过不少富有进步思想的作家,也产生过不少具有巨大鼓动力量和教育意义的作品。我们祖先在文学方面的辉煌的成就,已经获得全世界的公认。新中国的社会主义现实主义的人民文学,就在这样卓越的文学遗产的基础上,遵循着毛主席所指示的方针,一天天繁荣起来。

现在追溯一下过去文学发展的历史,是极有意义的,也是完全必要的。这样可以使我们更明确地认识过去作家的伟大的成就,更深入地懂得文学怎样逐渐发展,懂得文学怎样和社会生活密切联系,怎样和阶级斗争密切联系。这样还可以使我们更具体地明了我们祖先怎样为美好的将来而斗争,使我们更好地从丰富的遗产中吸取养料,来加强我们建设社会主义社会的力量。

下文我们将按照古典文学发展的不同阶段,分期来论述。周代以前为第一阶段,是祖国文学的起源时期。周代为第二阶段,里边可分西周及春秋、战国两期。秦至南北朝为第三阶段,里边可分秦汉、魏晋南北朝两期。隋至元为第四阶段,里边可分隋及唐前期、唐后期及五代、北宋、南宋及金、元代五期。明清为第五阶段,里边可分明前期、明后期、清代(鸦片战争以前)三期。从第二到第五等四个阶段,是祖国古典文学发展历史的主要部分,是我们研究的中心。鸦片战争到五四运动前夜为第六阶段,是从古典文学到新文学的过渡时期,也预告着新时代的来到。

复习题

1. 文学是什么？

2. 学习古典文学的意义是什么？

二 中国文学的起源

文学是怎样兴起的？我们回答：文学起源于劳动。关于这一点，鲁迅先生曾经有一段很形象的话：

> 我们祖先的原始人，原是连话也不会说的；为了共同劳作，必须发表意见，才渐渐练出复杂的声音来；假如那时大家抬木头，都觉得吃力了，却想不到发表，其中有一个叫道“杭育杭育”，那么这就是创作；大家也要佩服、应用的，这就等于出版；倘若用什么记号留存了下来，这就是文学；他当然就是作家，也是文学家，是“杭育杭育派”。……到现在，到处还有民谣、山歌、渔歌等，这就是不识字的诗人的作品；也传述着童话和故事，这就是不识字的小说家的作品；他们，就都是不识字的作家。[①]

这里正确地告诉我们：最早的作者就是广大的劳动人民，最早的作品就是他们在劳动过程中的口头创作。

---

① 见《且介亭杂文》里的《门外文谈》。

我们知道,我们的祖先为了减轻生产的疲劳,也为了表达劳动胜利的喜悦,就产生了有节奏的声音和语言,因而形成了最早的歌曲。同时,劳动锻炼了他们各种感觉器官,提高了他们的认识能力,所以他们的审美感就渐渐丰富了。劳动创造了世界,创造了人,也创造了文学。

在我们祖先的口头创作中,神话传说是最值得我们注意的一种。

原始人的生活是比较艰苦的,知识是比较幼稚的,他们对于自然环境当然还不可能有科学的理解。无论关于天体或地形,关于日月或山川,关于风雨或雷电,关于禽兽或草木,以至于种族是怎样来的,劳动工具是怎样发明的,人类是怎样为美好的幸福的生活而斗争的等等,他们都按照自己的生活经验来认识和想象,从而创造了许多美丽的神话和动人的传说。

我们拿洪水的故事做一个例子。这个故事在中国各地区都普遍地流行着,不同的地区有不同的治水英雄,其中最突出的一个是禹。

和洪水作斗争的艰巨的任务,本来是由禹的父亲鲧担任的。他接受了龟和鸱的指导,筑了堤来防水灾,不料水却和堤同时增高。上帝为此生气,把他处死,而且把死尸放了三年,不许埋葬。可是三年中间尸体并没有腐烂,而且在尸体内孕育了禹。禹出生以后,继续做治水的工作。他不断地与怪物和恶神斗争,来减少工作上的阻碍。他一面填土来堵水，一面又疏导河流，忘我地劳动了八年，终于战胜了洪水，让人民平安幸福地生活下去。[①]

这个故事告诉我们：在征服自然的斗争中，我们祖先是怎样地英勇、坚毅，不怕困难和牺牲；前面一个倒下去了，后面一个立时接着上来。所以神话传说表面上好像有点荒唐，但骨子里却透露出人类为追求幸福而努力的决心。这一类富有深刻意义的故事，永远教育着后代，成为推动社会前进的一个力量。同时，它们也启发着后代的作家，影响着后代诗歌、小说、戏剧的创作。

* * *

原始的口头创作，不止神话与传说，还有歌谣、谜语等等。不过因为年代太久远，有的已经失传了，有的经过后人的记录，不免有所改动，不见得是原来的样子了。

随着人类的进步，文字创造出来了。从此，在口头创作以外，人们也使用这种新的表达思想感情的工具进行创作。这种用文字写成的作品，就现在我们所能读到的看来，其中有真的，也有假的。所谓“假的”，是指那些虽然相传为三皇、五帝或夏朝、商朝的书籍，但实际上却是周朝以后的人写的，或者是追记的。公认为可信的“真的”作品，最早的当推商朝人在龟甲兽骨上所刻的记录占

① 参见《楚辞》的《天问》，《国语》的《晋语》八，《山海经》的《海内经》，《淮南子》的《墬（地）形训》等等。

卜的文辞(叫做“卜辞”)和在青铜器上所刻的纪念性的文字(叫做“金文”)。

中国历史进展到商朝,已经到了奴隶社会的时期。那时候的农业、畜牧业、手工业,都已经相当的发达。在这样生产发展的基础上,建立了强有力的奴隶制的国家,也产生了一定高度的文化。这个文化的创造,主要是依靠奴隶的劳动。奴隶和奴隶主中间,却存在着高度的矛盾。

当时的卜辞和金文大都是很短的,但个别的金文有三十多字的,卜辞也有一百多字的。这里边所记载的虽然大都是统治阶级的活动,但也反映着劳动人民生产的情况。这些文字虽然多是散文,可以当作原始的散文作品看,可也有些很像最早的歌谣,例如这一段卜辞:

> 癸巳卜:今日雨?其自西来雨,其自东来雨,其自北来雨,其自南来雨?①

这好像是一首求雨的歌。求雨并不全是迷信,在这时候实在是人们企图利用自然,从而提高耕作效率的一种方式,因为他们的最后目的是要获得丰收。

这些原始的诗文大都是公元前十一世纪以前的作品。这时候可以说是中国文学的萌芽时期,是古典文学发展历史上的第一个阶段。

---

① 见郭沫若先生《卜辞通纂》的第三七五片。(“其”字表示疑问或希望)

复习题

1. 谁是最早的作者？什么是最早的作品？

2. 古代优秀的神话传说能给我们一些什么启发？

3. 商代有些什么文学作品？

三　周代的文学

1. 西周及春秋的文学

到公元前十一世纪的时候，周武王灭了商朝，奴隶社会开始崩溃了。从此就渐渐形成了封建社会，一直延续了两三千年。在祖国古典文学发展的历史上，从西周起，到前三世纪末年秦始皇统一天下止，这八百多年是第二个阶段。

这时候的统治阶级，主要是领主阶级，他们是依靠剥削农奴来生活的。农奴的生活情况虽然比以前的奴隶稍好一些，但他们和领主中间的阶级矛盾，还是非常尖锐的；因为领主对于他们的剥削，和以前奴隶主对奴隶是同样的残酷。这就不能不引起农奴的反抗呼声和行动，也不能不感动当时富有正义感的作家。这可以从当时的诗歌与散文里看到。

*　　*　　*

首先我们研究一下周代前期(西周和春秋)的文学,因为到了春秋以后就在文学上起了变化。春秋以前的作品,主要是《诗经》,其次是《尚书》中的今文《周书》和《易经》中的“卦爻辞”。

《诗经》是一部最早的诗集,是古代文学的宝库之一,里边收辑了公元前六世纪以前的、以四言为主的诗歌三百多首:有的是较早的舞歌、祭歌,有的是稍晚的叙事诗、讽刺诗,还有不少反映广大人民的生活、思想、情感的各地民歌。

原始的诗歌常常是和音乐、舞蹈结合着的,所以最早的诗篇中常有不少的舞歌。原始的舞蹈常常表演着生产的行为,反映着生产的希望,早期的舞歌自然就有不少歌唱劳动的诗。在《诗经》的《周颂》里,有几篇与农耕有关的舞歌,其中写得比较好的是《载芟》与《良耜》。这两篇原来可能是劳动人民所创作的,后来被统治者掠夺去做祭祀的歌曲了。统治者在掠夺时,对字句不免有些歪曲性的改动,这就使这两首诗的意义显得前后不大“接气”。可是尽管是这样,我们仍然可以从里边看出,农奴们怎样辛勤地种庄稼,他们怎样为丰收而庆幸。

古代各族常常有叙述自己的英雄的事迹的诗,有的篇幅较长,叫做“史诗”。《诗经》中就收辑有这样的诗,如“大小雅”中的《生民》等篇,歌唱周代的奠基人后稷、公刘、亶父、文王、武王;《崧高》等篇写宣王时几个杰出的人物申伯、仲山甫、韩侯、召虎、南仲等人;《出车》等篇特别详写对于北方外族侵略的抵抗。这些叙事诗虽然没有贯串成一个长篇,但也能够描绘出周人在生产上、政治上、军事上一系列的胜利,鼓舞了后代读者们的爱国热情。

“大小雅”中还有不少深刻的讽刺诗。当时的劳动人民尽管终年辛苦,仍然受冻挨饿;他们不但要交纳很重的赋税,还要替领主做工当兵。《苕之华》和《何草不黄》等篇就是诗人为此而提出的控诉。诗人还在《北山》《巷伯》等篇里指责当时社会上的不合理的现象:一方面是整天喝酒作乐,躺着不做事的统治者;一方面是日夜勤劳,忙得不得开交的被统治者。这些控诉和指责确是初步接触到当时社会的本质了。

但是《诗经》中最重要的作品是“国风”中的民歌。这些民歌被当时统治者掠夺来做乐章的时候,自然会经过一些不适当的修改,但仍然放射出不朽的光芒。其中有些是反映农奴的劳动的,如《七月》描绘他们整年的劳动生活,从一月直到十二月,都写得细致而生动。我们看一看他们在秋冬间干什么活吧:

> 九月筑场圃,十月纳禾稼,黍稷重穋,禾麻菽麦。嗟我农夫,我稼既同,上入执宫功。昼索绹。亟其乘屋,其始播百谷。①

① 重是秫;穋是早稻;菽是豆子;同是收齐;执宫功是进行修缮屋子的工作;于是取;索绹是用手搓绳子;亟其乘屋是赶快爬上房子去。

他们不但被迫为领主们干苦活，还要受到领主们的侮辱。这侮辱残酷地表现在妇女身上：

> 春日迟迟，采蘩祁祁。女心伤悲，殆及公子同归。[①]

农奴的辛勤，领主的荒淫，在这一篇里是和盘托出来了。

由于封建剥削制度的残酷，农奴对领主就怀有极深的仇恨，这种仇恨经常是从不同的方面用民歌表达出来的。如《伐檀》中有这么几句：

> 不稼不穑，胡取禾三百廛兮！不狩不猎，胡瞻尔庭有县貆兮！[②]

又如《硕鼠》说：

> 硕鼠，硕鼠，无食我黍！三岁贯女，莫我肯顾。逝将去女，适彼乐土。乐土，乐土，爰得我所！[③]

它们一方面严厉地谴责剥削者，一方面又热情地憧憬于美好的将来，这是劳动人民的思想情感的忠实反映。

民歌中还有不少美丽的歌唱爱情的作品，这种爱一般是健康的、忠诚的；但也有些作品写的是恋爱和婚姻的悲剧，反映了封建社会里妇女的痛苦。例如《氓》，起先双

---

① 蘩是白蒿；祁祁是众多；殆是强迫，劳动妇女被领主强带到家里去，所以她们都伤心。

② 稼、穑指耕种和收获的工作；胡是为什么；廛是一百亩。狩也是打猎；瞻是看；县貆是挂着的野兽。

③ 硕鼠是在田中吃庄稼的豆鼠，这里指统治者；贯是养；女（汝）是你。逝字这里当作誓字讲；适是往；爰是于是，也就是“在那里”。

方面都很热火:

乘彼垝垣,以望复关;不见复关,泣涕涟涟;既见复关,载笑载言。尔卜尔筮,体无咎言;以尔车来,以我贿迁。①

后来男的却变心了:

桑之落矣,其黄而陨。自我徂尔,三岁食贫。淇水汤汤,渐车帷裳。女也不爽,士贰其行;士也罔极,二三其德。②

通过这个被遗弃的妻子的故事,诗人动人地表达了阶级社会里妇女所遭受的深重苦难。

从这些作品里可以看出,《诗经》这部书,特别是其中的民歌,在我们祖国的文学史上,是有崇高的位置的。它们大都能够忠实地反映了周代的现实生活,能够表达出社会生活中本质的东西,使读者能形象地看到统治阶级的丑恶,看到劳动人民的苦难、他们的坚决反抗和优良品质。字句虽然可能经过统治者的改变,但仍然透露出这些民间诗人们的创造的才华来。

* * *

① 乘是登;垝垣是破墙;复关指所爱的人;涟涟是泪落的状态;载是则。卜和筮都是古代迷信占卜的方式;体无咎言是占卜的结果没有不吉利的话;贿是陪嫁的财物。

② 陨是落;徂尔是去到你那儿;食贫是过穷日子;汤汤是水流的状态;渐是浸湿;帷裳是车的围帐。爽是差错;贰其行是行为前后不一致;罔极是没有规则,也就是胡作胡为,不守规矩。

与《诗经》同时的，还有《尚书》中的今文《周书》与《易经》中的“卦爻辞”。

在商代卜辞和金文的基础上，周代的散文逐渐发展起来。性质与金文相近的散文是《尚书》，性质与卜辞相近的散文是《易经》。《尚书》中大部分是后人追记的，但其中今文《周书》里有几篇关于西周和东周初年的作品却是真的；这些作品虽然主要记录领主们的言行，但有时也流露出农奴生产的情况来。《易经》本是部讲占卦的书，其中说明六十四卦的吉凶的“卦爻辞”，大半来自民间，所以反映社会面貌较《尚书》更[①]为广泛：有关于渔猎、畜牧和农业的，有关于战争、祭祀和婚姻的，有关于饮食、居室和衣物的。如果撇开了过去种种错误的说法，这些文辞是周代前期散文方面的重要作品。

2. 战国的文学

现在我们研究周代后期（战国）的文学，这和春秋以前是不同的。

春秋以后，由于生产力的进步，引起了土地所有制的改变，渐渐地出现了一些新兴的地主。在旧领主与新兴地主的斗争中，士的阶层逐渐壮大起来，成为文化活动的

① 编者按：“更”字为编者所加。

骨干分子。

更值得注意的是，各地区的经济广泛地繁荣起来。周人从渭水流域进展到黄河流域，东迁以后连长江流域也变了样。楚国加入了周人的经济体系之中，不能不说是东周的一件大事，因为这大大促进了文化的普遍发展。

*　*　*

战国的文学中，最重要的就是“楚辞”。

“楚辞”是用楚国人民的语言和楚国特有的音调来创作的诗篇。其中最早的是《九歌》，共十一篇，是春秋末年与战国初年的楚国各地的民间祭歌。这里边所祭祀的大都是与生产有关的自然神祇，如日神、云神、山神、水神等。古人相信神与人相近似，而且神可能与人相恋爱；所以除以饮食事神外，又以男女之道事神。通过男巫对女神和女巫对男神的爱慕，曲折地表达了人类对于大自然的恩惠的祈求。假如能够获得神的欢心，神就可以保障生产胜利；假如失去了神的欢心，神就会破坏这种胜利。人与神的悲欢离合，实际上是我们祖先对于生产的热烈希望的又一表现。《国殇》在其中是比较特殊的，它是祭那些在卫国战争里牺牲的战士的，对死者的哀悼和颂扬，正说明了人民昂扬的爱国热情。屈原对于这十一篇可能加过工，但它们的成就应主要归功于民间无名诗人。

《九歌》以后不久，接着就出现了伟大的诗人屈原。

屈原名平，出身于楚国的贵族。他的生年不能确定，大约在公元前 343 到 339 年间。二十岁左右，他就参加政治活动；他对内主张任用贤人，对外主张联合齐国，对抗秦国。这对于楚国是有利的，但对于楚国腐朽的贵族和秦国是不利的，所以秦国就派人到楚国来勾结一些坏人，打击屈原，要把他从朝里赶走。第一次把他放逐到汉北，第二次又放逐到江南。这时他已年近五十，眼看着祖国走上衰亡的绝路，可是自己被赶到远方，无法挽救，所以心中无限痛苦。最后，他绝望了，便投到洞庭湖旁边的汨罗江里，把自己的生命献给祖国。相传他死在五月五日，但年代不易确定，大约在前 280 年[①]。前 278 年秦兵攻破楚国首都，如果那时他还活着，是更会促成他自杀的。

屈原的杰作，当推《离骚》。这是一篇长达三百七十多句、二千五百多字的自叙性的抒情诗。它的结构很完整，句法有很多变化，语言有浓厚的南方色彩。它的主题思想很明确，就是一方面恳切地表达自己对于祖国的热爱，对于人民的关怀，一方面无情地抨击国王的昏庸、奸臣的贪诈。他用芳草做比喻，写出自己高贵的品质：

纷吾既有此内美兮，又重之以修能。扈江离与

① 编者按："年"后原有"左右"二字。

辟芷兮，纫秋兰以为佩。[1]

虽然碰到挫折，偶然有悲观的倾向，但对国家、对人民的崇高而炽热的情感支持着斗争的意志，使他在矛盾中表现出坚定：

民生各有所乐兮，余独好修以为常。虽体解吾犹未变兮，岂余心之可惩。[2]

他在这里给我们提供了一个封建社会爱国志士的典型形象，给后人以无比动人的教育。

《离骚》以外，他还写了《天问》《九章》等篇。《天问》也是一篇长诗，里边发了一百几十个疑问：有的是关于自然界的，如天地的开辟、日月的晦明之类；有的是关于神话传说的，如女岐、羲和，以及石林、雄虺、灵蛇、黄熊等等；有的是关于历史人物的，如尧、舜、鲧、禹、齐桓、子文诸人。这种怀疑的精神，表现了他的实事求是的态度；同时在这里也保存了许多古代神话和传说。《九章》包含九个短篇，大都从他的生活和斗争出发，感情是火热的，辞句也就比较激烈。他在《离骚》里所体现的爱祖国、爱人民的特点，我们在《九章》里也同样清楚地看到、深切地感到。放逐到汉北时所作的《抽思》说：

道逴远而日忘兮，愿自申而不得。望南山而流

① 纷是多；修能是修饰自己的德行；扈是披在身上；江离与芷都是香草；辟是幽隐的地方；纫是用线穿上；佩是带在腰间的东西。

② 体解是身体被割成几块（“成”字为编者所加）；惩是戒惧、吓倒。

涕兮，临流水而太息。①

放逐到江南时所作的《哀郢》说：

皇天之不纯命兮，何百姓之震愆；民离散而相失兮，方仲春而东迁。②

他虽然为腐朽势力所排挤而死，但他这种爱祖国、爱人民的伟大精神，却通过他的不朽的诗篇而永远留在读者的心上。

屈原死后，继之而起的有唐勒、景差、宋玉等人，但只有宋玉的作品流传下来。传说宋玉是屈原的学生，做过楚国的大夫。从他的《九辩》看来，他似乎是楚国一个贫穷的知识分子，做官后受到坏人的排挤，终于丢掉了位置。《九辩》就是他失意以后作的一篇长诗。在这里他表示决不与坏人一起胡搞。为了楚王打猎受惊，他还写了《招魂》。这篇长诗一面写楚国以外地区的灾难，一面写楚国在居室、陈设、饮食、歌舞等方面的成就。有人说这篇是屈原写的，现在还不能断定。《九辩》《招魂》以外，据传说他还写了几篇赋，但历代学者对此大都怀疑，所以我们不详论了。其实只有《九辩》一篇也够证明他是屈原的忠实继承者。屈宋两人可以代表晚周诗歌发展较高的一个阶段。

*　　*　　*

---

① 逴是远；申是陈述、表白；太息是叹息。

② 纯是美好；震愆是惊动逃走。

与《楚辞》差不多同时，还有不少的著作；其中有些是叙述历史事实的，有些是发表哲学主张的。

历史的散文主要是《春秋》《左传》《国语》《国策》四部书。《春秋》是鲁国史官对于东周初年的领主们的事迹的简单的记录，孔子曾借来教他的学生，但未必是他自已写的。因为过于简略，所以文学价值不大。

《左传》与《国语》记载同时期的历史，都比《春秋》详细得多。《左传》是四部史书中成就最辉煌的。《左传》能够生动而真实地暴露了当时领主们的荒淫残暴，塑造了一些爱国志士和卓越的政治家的动人的形象，也满怀着同情来描绘了劳动人民的生活与活动。记载几次战役的文章特别为人所喜爱，因为作者能够用最简洁的文句使当时复杂的情况完全展露在我们面前。例如秦晋战于殽之前，秦兵偷袭郑国，经过东周的北门，因为举动轻佻，连小孩子都预言他们“必败”。还没到郑国，半路上就被人识破：

> 及滑，郑商人弦高将市于周，遇之，以乘韦先，牛十二犒师，曰：“寡君闻吾子将步师出于敝邑，敢犒从者。不腆敝邑，为从者之淹，居则具一日之积，行则备一夕之卫。”且使遽告于郑。①

① 及是到；市是做买卖；乘韦先是先送四张兽皮，乘是四，韦是皮；犒师是慰劳军队。寡君指郑君；吾子指秦将；步师是行军；敝邑指郑国；从者是士兵。腆是丰厚，不腆是自谦的话；淹是久留；积是准备积蓄来招待；卫是守卫。遽是快车。

结果,郑国既有防备,回来又为晋兵所败,三个将军都被俘虏。这里不但详细告诉我们战事的全部过程,也告诉我们当时商人的活跃、机智及爱国热情。《国语》的文章不及《左传》生动。相传这两部书都是左丘明作的,其实是战国时两位无名氏作的。

《国策》时代稍晚,记的是战国时的情况。里边写到各国间合纵和连衡的策略,旧领主和新兴地主间的斗争,士的阶层的种种活动;也写到当时经济生活的繁荣和劳动人民在封建压榨下的痛苦。书中还包含有不少的寓言,如《燕策》(二)载苏代向赵惠王讲的一个故事:

> 蚌方出曝,而鹬啄其肉,蚌合而箝其喙。鹬曰:"今日不雨,明日不雨,即有死蚌。"蚌亦谓鹬曰:"今日不出,明日不出,即有死鹬。"两者不肯相舍,渔者得而并擒之。①

这里作者用鲜明的形象,锋利的语言,把一个从现实生活中摘取来的小插曲,突出地、动人地表现出来,使听者不能不心服。因为那时赵国正想打燕国,没想到秦国却在旁边打算收到渔翁之利。直到今天,"鹬蚌相争"还是人们乐于引证的一个典故。此外如画蛇添足、狐假虎威等等,也都是《国策》中富于教育意义和文学价值的寓言。

* * *

① 曝是晒太阳;鹬是一种长嘴的鸟;箝是夹住;喙是鸟嘴。

哲学的散文是当时一些思想家为了宣传自己的主张而写作的。这些思想家代表着不同阶级和阶层的利益。以孔丘为首的一群叫做“儒家”。上边曾讲过，这时候领主阶级日趋没落，代之而起的是新兴地主阶级。孔丘是从没落的领主阶级里分化出来的人，他一方面[1]在思想上多少还想保存领主统治的旧制度；另一方面却不能不适应着地主阶级兴起以后的新形势，要求领主作必要的让步。这些让步的办法是符合于地主阶级的利益的，因此，他的一些主张便会在无形中加速了领主阶级的灭亡。在以后两千多年的封建社会里，他的学说成为地主阶级统治人民的理论依据。他广收门徒，传授知识，在文化的创造与发扬上也有一定的积极作用。继孔丘而起的，这方面的思想家还有孟轲与荀况。他们的著作有后人记录孔丘言行的《论语》，记录孟轲言行的《孟子》和荀况自己写的《荀子》（其中也有一部分是后人写的）。《论语》的篇幅比较短，内容也比较简单，但在孔丘和学生们的谈话记录中，也有简明而真切的优点。《孟子》的文章便有所进展，流畅奔放，议论中穿插些颇有深意的故事。“齐人有一妻一妾”这个故事就是很有名的。“齐人”自称天天和富贵人一起吃喝，但他的妻子却不相信：

> 其妻告其妾曰：“良人出，则必餍酒肉而后反；问其所与饮食者，尽富贵也，而未尝有显者来。我将瞷

[1] 编者按：“他一方面”为编者所加。

> 良人之所之也。”蚤起，施从良人之所之，遍国中无与立谈者。卒之东郭墦间，之祭者，乞其余；不足，又顾而之他。此其为餍足之道也。其妻归告其妾曰：“良人者，所仰望而终身也，今若此！”与其妾讪其良人，而相泣于中庭。而良人未之知也，施施从外来，骄其妻妾。①

对于奴颜婢膝去求富贵的人，这个讽刺是尖锐有力的。也正因此，后代作家中就有人用这个故事作题材，写成讽刺性的戏曲或说唱作品，来抨击当前社会的丑恶。孟轲的学说虽也是封建社会的支柱之一，但他主张“民为贵”是有一定的积极意义的。荀况提倡礼乐与刑法，否定命运和鬼神；发展到他的学生手里，成为秦汉中央集权制度的理论依据。他的文章和《孟子》不同，是以措辞简练、议论富于逻辑性见长的。

儒家以外，还有墨家、道家、法家等学派，著作主要有墨翟及其门徒所写的《墨子》，李耳所写的《老子》，庄周及其门徒所写的《庄子》，韩非所写的《韩非子》(里边也附有别人的文章)。墨家和儒家对立，比较接近劳动人民，组成带有宗教色彩的政治性的团体；《墨子》的文章比较简单朴素。

---

① 良人指丈夫；餍是吃够；反就是返；显者是富贵的人；瞯是偷看；所之是所去的地方。蚤与早同；施从是在一边跟着；卒之是末了到；郭是城外；墦是坟；顾而之他是回过来到别处；道是方法。仰望是依靠；讪是责骂；施施是高兴的样子。

李耳和庄周都属道家，思想中多消极成分，但《老子》中也有揭露剥削、讽刺统治者的话，《庄子》中也强调使人自由自在的必要，这些是应该肯定的。李耳的文章较简短，可是能用具体的事物作比喻，来说明深微的道理。庄周的文章很飘洒、灵活。他常常不从正面说明自己的理论，而是用些小故事来启发对方。他富于想象力和观察力，所以他写的故事都生动、形象，有浓厚的文学趣味。如《养生主》中写庖丁解牛的故事，就是其中之一：

> 庖丁为文惠君解牛，手之所触，肩之所倚，足之所履，膝之所踦，砉然向然，奏刀騞然，莫不中音，合于"桑林"之舞，乃中"经首"之会。文惠君曰："嘻，善哉，技盖至此乎！"庖丁释刀对曰："臣之所好者道也，进乎技矣。始臣之解牛之时，所见无非牛者；三年之后，未尝见全牛也。方今之时，臣以神遇，而不以目视。……动刀甚微，谍然已解，如土委地。提刀而立，为之四顾，为之踌躇满志，善刀而藏之。"文惠君曰："善哉！吾闻庖丁之言，得养生焉。"①

通过这个卓越的寓言，作者雄辩地说明了掌握客观事物规律的必要。庖丁懂得了牛的生理解剖，所以他的刀虽然已经用了十九年，然而仍和新的一样。他写解牛的劳

① 庖丁，名字叫丁的炊事员；文惠君是梁惠王；踦是碰到；砉(huā)和向都指声音，騞(huō)的声音比较大些；中是符合；"桑林""经首"，古乐名。嘻，赞叹声；释是放下；好是喜爱；进是超过。谍(huò)是骨和肉分离的声音；委地是落到地上；满志是满意；善刀是擦刀。

动过程,写刀和牛接触时所发出的节奏,写庖丁获得劳动成果时的愉快,都非常细腻,非常真实。

韩非是法家的集大成者①,是荀况的学生,他坚决反对领主的统治,为新兴地主服务。他的文章的结构很谨严,分析很深刻,里边有些寓言如买椟还珠、盾与矛、守株待兔等,都有巨大的说服力量。

* * *

诗歌和散文以外,小说和戏剧也开始萌芽了。

小说的兴起和神话传说有密切的关系。上文曾讲到我们祖先的口头创作,也讲到神话和传说。后来这些口耳相传的故事,逐渐有人记录下来,逐渐成为定形的书面的作品。这类记载在《诗经》《楚辞》里都有,而《山海经》里特别多。过去都说《山海经》是禹、益所作,实际是战国时候的书(也有一部分是秦汉以后人写的)。它表面上好像一部讲地理的著作,实际上是有小说性的。因为它每讲到一山一水,常常连带地叙述些与此有关的故事,这些故事不独很美,而且具有深刻意义。例如《北山经》所载精卫衔石填海的故事:

> 又北二百里曰发鸠之山,其上多柘木。有鸟焉,其状如乌,白喙,赤足,名曰精卫,其鸣自该;是炎帝之少女,名曰女娃,游于东海,溺而不返,故为精卫。常

① 编者按:"者"字原作"的"。

衔西山之木石，以堙于东海；漳水出焉，东流注于河。[1]

这就强烈地反映了我们祖先征服自然的决心和克服困难的战斗精神。

战国还有无名氏的《穆天子传》，它是根据周穆王周游天下的传说，写成的[2]一部类似历史小说的书。书中除叙述穆王所到各地的情况外，还强调了他肯接受人家的批评，又表扬了他对百姓的关怀。历史上的穆王不一定真能这样，但作者着重写了这一方面，间接表达了作者对于减轻人民痛苦的善良愿望。

此外，在历史的和哲学的散文著作里，有不少的寓言，如上文所讲《国策》中的"鹬蚌相争"，《孟子》里的"齐人有一妻一妾"，《庄子》里的"庖丁解牛"，等等。它们对小说的形成，也起着极大的推动作用。

戏剧是从故事性的歌舞开始的。这些歌舞常常和生产密切结合着，而且常常是祭祀仪式的主要组成部分。同时，古代祭祀仪式本身也就好像是个简单的戏剧的演出，因而在古剧的形成上也是种应注意的因素。在《诗经》《楚辞》的某些诗篇里，还可看到这种戏剧的萌芽状

---

① 发鸠山在今山西省长子县；诶与叫同，自叫是叫的声音和它的名字相同；炎帝是传说中的古帝王；溺是掉在水里死去；堙是填塞；漳水是黄河的支流。

② 编者按："的"字为编者所加。

态。起初,演者以“巫”为主,目的在于娱神;后来演者以“优”为主,目的在于娱人。“优”的出现比较早,但盛于晚周,他们擅长舞蹈、音乐、滑稽、竞技,这都影响着后代的戏剧。

*　　*　　*

以上略述周代前期和后期的文学。这时诗歌方面的成就比较大,已经产生了不朽的诗篇和不朽的诗人。散文也逐渐发展,主要是些历史的或哲学的作品。小说和戏剧却较差,小说略具雏形,戏剧还在酝酿阶段。这虽然只是祖国文学发展的第一步,但却是成功的一步。在这时期的作品中,可以看到优秀的作家是怎样地热爱祖国、关怀人民,怎样地揭露剥削的罪行、抨击统治者的丑恶。古典文学的优良传统,已经初步奠定了基础,为以后的发展创造了极有利的条件。

复习题

1.《诗经》里怎样反映社会阶级的矛盾?

2. 屈原为什么是古代最伟大的诗人?

3. 为什么《左传》是历史散文中最成功的作品?

4. 以《孟子》为例,说明哲学散文中的小故事的文学价值。

5. 我国小说和戏剧是怎样萌芽起来的?

四　秦汉魏晋南北朝的文学

1. 秦汉的文学

东周中年以后，领主经济逐渐为地主经济所代替。后来秦始皇统一了天下，建立了我国历史上第一个专制主义的中央集权的封建国家。从这个时候到公元六世纪末年隋文帝统一为止，共计八百多年，是中国古典文学发展历史上的第三个阶段。

以前领主与农奴的矛盾，现在变成地主与农民的矛盾。农民的身份虽较农奴自由，但地主的剥削并不比领主轻，所以这八百多年中不断地有农民起义。地主阶级的上层分子世世代代把持着政权，同时也把持着文化。不过优秀的作家却常常对本阶级的暴行表示憎恶，而能够在作品中写出广大人民在封建剥削下的痛苦。同时，还有些来自民间的作品，它们也能反映出社会现象的本质来。

*　　*　　*

正和周代文学分为前后期一样,本阶段的文学也可分为秦汉与魏晋南北朝两期。魏以前的文学比较和战国接近,魏以后则变化日渐明显。

现在先讲秦汉的文学。秦代作家仅李斯一人,作品比较不重要。汉代却产生了伟大的史学家司马迁,他同时也是杰出的散文作家。

司马迁字子长,龙门(今陕西韩城)人,生于公元前145或135年,死于前一世纪初年。他的父亲做太史令,父亲死后,他接着担任这个职位。为了搜集史料,他曾周游全国各地,还亲自访问历史上主要人物的后辈或其他有关的人。后来因为替李陵说了几句公平话,他冤枉地受到残酷的宫刑处分。可是为了实现他的著述的宏愿,他忍受了这个绝大的侮辱,坚持写作。不朽的《史记》,就是这位受迫害的卓越天才在艰苦的环境中获得的劳动果实。

《史记》是第一部贯穿着许多朝代的通史。司马迁对于历史及社会现象,能够敏锐地观察,能够深入地分析,同时也能够系统而又形象地表现出来。他用活泼而有力的语言,生动地叙述着复杂的历史事件,逼真地体现着人物的性格。蔺相如完璧归赵的故事即其一例。蔺相如是赵国的一个低级官吏。赵惠文王有块名贵的璧玉,秦昭王想夺去,表面上却说是拿十五个城来交换。赵王晓得这是个骗局,但秦强赵弱,不接受这个要求是不行的。在进退两难的情况下,蔺相如英勇地担任起到秦国去办交涉的艰巨任务。他保证:如果璧玉留在秦国,那么十五城一定归赵;如果得不到十五城,璧玉就仍旧拿回来。司马迁是这样写蔺相如在秦国的情况的:

相如视秦王无意偿赵城,乃前曰:"璧有瑕,请指示王。"王授璧,相如因持璧却立倚柱,怒发上冲冠,谓秦王曰:"……臣观大王,无意偿赵城邑,故臣复取璧。大王必欲急臣,臣头今与璧俱碎于柱矣!"相如持其璧,睨柱,欲以击柱。①

在这段记述中,相如的形象是生气勃勃的。作者简要地写出他的英勇机智,和那支持他对敌国斗争的爱国热情。他的突出的外交才能,也说明了这个低级官吏为什么后来能成为赵国的头等政治家。蔺相如立功以后,当时赵国有名的将军廉颇却不信服他,公开说要找一个机会侮辱他。他听到了,便避开廉颇。他的门客颇不以为然,他解释道:

夫以秦王之威,而相如廷叱之,辱其群臣。相如虽驽,独畏廉将军哉?顾吾念之:彊秦之所以不敢加兵于赵者,徒以吾两人在也。今两虎共斗,其势不俱生。吾所以为此者,以先国家之急,而后私仇也。②

① 却是退;睨是斜视。

② 廷叱是在朝廷上责骂;驽是无才;彊就是强;徒以是仅仅因为。

这些光明正大的话感动了廉颇，就亲自到他家里去谢罪，而在两个人中间也就建立了牢固的友谊。司马迁在这里不但生动地、准确地刻画了这些爱国者的性格，而且通过这个鲜明的个性和真实的细节的描绘，就能够卓越地体现了历史人物的精神面貌。同时，他在一切历史事件的记录中，有所取舍，有所选择，有所剪裁，这就使他所刻画的历史人物形象具有一定程度的典型性。更应该指出，司马迁对于善与恶有明确的爱憎，在史事的描述中饱和着强烈的感情，能够给我们以不可泯灭的感染力量。所以《史记》不但在史学上有巨大的价值，在文学上也有高度的成就。

《史记》以后，继之而起的有班固的《汉书》。班固字孟坚，扶风安陵（今陕西咸阳）人，公元 32 年生，92 年死。他的父亲班彪和妹妹班昭都参加过这部书的写作，不过他的劳动占多数。他的见解比司马迁保守些，《汉书》的文章也没有《史记》那么生动，但是结构谨严，辞句简净，还有可取之处。有时他也能把一些历史人物的形象真实而动人地描绘给读者，例如卫律劝苏武投降匈奴，苏武拒绝：

> 武不应。律曰："君因我降，与君为兄弟。今不听吾计，后虽欲复见我，尚可得乎？"武骂律曰："女为人臣子，不顾恩义，畔主背亲，为降虏于蛮夷，何以见女为！……"律知武终不可胁，白单于，单于愈益欲

降之;乃幽武,置大窖中,绝不饮食。天雨雪,武卧啮雪与旃毛,并咽之。数日不死,匈奴以为神。①

这里卫律的卑鄙无耻,苏武的坚贞不屈,都鲜明地揭露在我们面前了。《汉书》以外,班固还写了些别的作品,价值却不能算高。

和班固差不多同时的,有一位杰出的思想家兼评论家王充。充字仲任,会稽上虞(今浙江上虞)人,公元27年生,死于一世纪末年。他的家庭比较贫苦,读书都很困难,后来做过小官吏,也做过私塾的教师。他的哲学主张,主要表达在《论衡》里。他写作的目的是批判,批判的主要对象是一切为地主阶级服务的学说、著作以及与此有关的鬼、神、雷、龙等迷信。他敢于和封建社会所尊为圣贤的孔丘、孟轲作对头,也敢于抨击官吏们的贪污害人。他的思想中有可贵的唯物论的因素,他对于文学的主张也是比较进步的。他在《自纪篇》里说:

玉隐石间,珠匿鱼腹,故为深覆。及玉色剖于石心,珠光出于鱼腹,其隐乎?犹吾文未集于简札之上,藏于胸臆之中,犹玉隐珠匿也。及出荴露,犹玉剖珠出乎!烂若天文之照,顺若地理之晓,嫌疑隐微尽可名处。……夫笔著者欲其易晓而难为,不贵难

① 因我降是因我劝说而投降;女与汝同;畔与叛同;何以见女为是说见你做什么;单于是匈奴国王;幽是拘囚;齧是吃;旃毛是牛尾的毛。

知而易造;口论务解分而可听,不务深迂而难睹。[①]

他的作品正是他的主张的实践。语言那么明白晓畅,结构又那么严谨紧密,所以说服力量就比较巨大。在文章开始骈偶化的时候,不能不算是异军突起。

* * *

汉代还有些作家从事于赋的写作。赋是一种有时有韵,有时没有韵的文章;最早本来是民间的口头创作,后来到了文人手里,却渐渐变得呆板了;虽然也偶然有较好的作品,但坏的总是占多数。这时的文学中,无名氏的乐府的价值,却远在赋之上。

乐府本来是汉代掌管音乐歌曲的一个官署,但也附带做采集民歌的工作。这些民歌给作家很多启发,在文学上产生一定的影响,后来渐渐地把“乐府”变成这一类诗歌的名称了。汉代和南北朝的民间乐府是其中最突出的。

汉代民间乐府中有不少是忠实地反映了贫苦人民的灾难和社会的问题。《东门行》写一对穷夫妻,家中缺衣少食,活不下去,打算冒险求生。《妇病行》写一个穷人在妻病死后,抚养孤儿的悲惨情况。还有《孤儿行》写父母死后,孤儿在兄嫂手中所受的虐待:

孤儿泪下如雨。使我朝行汲,暮得水来归。手为错,足下无菲。怆怆履霜,中多蒺藜。拔断蒺藜肠

① 臆与胸同;获露是布露于外;烂是鲜明;名处是弄清楚。

肉中，怆欲悲。泪下渫渫，清涕累累。冬无复襦，夏无单衣。①

此外有些是揭露战争给予人民的痛苦的，如《战城南》写士兵战死，尸体成为乌鸦的食物，回不了家；如《十五从君征》写一个人当了六十五年的兵，回到家里，亲人都已死光了。这些深刻而沉痛的作品，是汉代最优秀的诗歌；在思想内容和写作技巧上，它们都教育着后代无数作家。在魏晋以后的文学中，乐府的影响是极其明显的。

*　*　*

这时期在小说和戏剧方面都有所发展。

汉代有些小说，现在已经失传了。现存的汉代小说，有些是后人假托的。但是另外有些著作，过去人不认为是小说的，事实上却很可以当作小说来看。如韩婴的《韩诗外传》、刘向的《说苑》《新序》等书，里边包含了很多短篇故事，它们不但内容常具有教育意义，叙述也有很动人的。还有袁康与吴平的《越绝书》、赵晔的《吴越春秋》等书，也可以说是两部历史小说，比周代的《穆天子传》，显然是前进了一步。

戏剧的发展不及小说。在汉代，主要是倡优所演的角觝戏与傀儡戏。角觝是劳动人民在生产斗争中所创造的技艺，也通过歌舞来表演一些故事。傀儡原来是一种

① 错是皮肤皴裂；菲是草鞋。怆怆是悲伤；蒺藜是一种蔓生的草，子有刺；肠肉是胫骨后的肉。渫渫是泪流的样子；累累是不断。复襦是夹衣。

驱逐恶鬼的舞蹈，后来穿插故事，就成为娱乐的节目。这两种到汉代以后还很兴盛。

2. 魏晋南北朝的文学

魏晋以后的文学，从内容到形式，都有所发展，有所变化。渐渐地写作成为一部分人的专门的业务，文集的编纂和诗文的选注也逐渐成为大家所注意的工作，关于写作原理和作品评论的著作也一天一天多起来了。

同时，也掀起了一股逆流。一部分作家过于重视字句的雕琢，重视用典和对偶，这就降低了他们作品的质量，也使南北朝时候的文学显出中衰的样子来。

* * *

因为汉代乐府大部分是用五言的句子写的，所以在它们影响下的作家们也就采用五言的样式了。更重要的是，乐府的现实主义精神启发了诗人，提高了他们作品的艺术价值。其中成就较大的，有三国时的曹植，晋代的陶渊明，南北朝时候的鲍照。

曹植字子建，沛国谯（今安徽亳县）人[①]，生于 192 年，死于 232 年。他是曹操的儿子，从小就聪明，很早就能写作，很得曹操的欢心。这就引起他哥哥曹丕的妒忌，曹丕

① 编者按：亳县，今改称亳州市。

做了皇帝以后，更用种种办法来折磨他，直到曹丕死了，他的生活方才顺适一些。他很想在政治上做一番事业，但环境不允许他，只好把思想情感都表现在文学上，尤其在诗歌里。

这时诗坛上有以王粲为代表的“建安七子”和曹操诸人。他们在汉末动荡的局面里，向民歌学习而获得初步的成功，写出一些能够艺术地体现当时社会真实面貌的作品。在这一群诗人中，曹植不但写作的数量较多，在质量上也较高。不过，曹植早年所写的诗却也并不十分深刻，可能因为那时他过的只是公子哥儿般的生活。到中年以后，他在生活上所遭遇的苦难，使他能够写出比较沉痛深刻的作品。他在《赠白马王彪》诗里尖锐地揭露统治集团互相攻击、排斥的丑恶：

> 鸱枭鸣衡轭，豺狼当路衢，苍蝇间白黑，谗巧令亲疏。[①]

同时，他在自己的痛苦的生活中，并没有忘记广大人民的更深的灾难，如《太山梁甫行》：

> 剧哉边海民，寄生于草野。妻子象禽兽，行止依林阻。[②]

他在政治上的抱负，一再反映在《白马篇》及《杂诗》里，说

① 衡轭是车辕头上的横木，驾车的时候就放在马颈上。间是离间，离间可以使亲近的变成疏远，好像苍蝇可以把白的弄脏了，成为黑的。谗巧是工巧的挑拨离间。

② 剧是艰难；象是好像；险阻是荒僻难走的地方。编者按：林阻，原误作“险阻”。

明了他对祖国的热爱。这些都使他成为三国时最重要的诗人。

陶渊明名潜,浔阳柴桑(今江西九江)人,生于365到372年间,死于427年。他出身于一个没落的地主家庭,性格比较刚直正派,做过一些不重要的官。405年以后,便隐居家中。在隐居后,他的生活比较接近农民。他亲自参加过农耕的劳动,而且常常受冻受饿。现实生活的教育使他对事物的认识有别于当时其他一般作家。这种认识和文学修养相结合,使他不但成为晋代最伟大的诗人,也成为中古时期最伟大的诗人之一。

晋代诗人比较知名的如陆机、潘岳等,他们大部分有重视形式而轻视内容的偏向,当时名气越大的,毛病也越重。到晋宋间,比陶渊明略晚的有谢灵运、颜延之诸人,他们作品都还有一定的成就,谢灵运刻画祖国山川的诗尤其不应该埋没,但过分的雕琢不能不损伤作品本身的艺术价值。在这样的风气里,陶渊明是个例外。他用朴素、自然的语言,描绘他自己的日常生活,获得卓越的成就。例如:

> 开春理常业,岁功聊可观。晨出肆微勤,日入负耒还。……田家岂不苦?弗获辞此难。四体诚乃疲,庶无异患干。(《庚戌岁九月中于西田获早稻》)[①]

① 岁功是农业的收获;肆是尽力;微勤是轻微的劳动;四体是四肢;异患是意外的祸患;干是侵犯。

贫居依稼穑，戮力东林隈。不言春作苦，常恐负所怀。(《丙辰岁八月中于下潠田舍获》)①

代耕本非望，所业在田桑。躬亲未曾替，寒馁常糟糠。(《杂诗》)②

通过这些真实的描绘，诗人也就或多或少地反映了当时广大农民的生活；因为在世族地主残酷的剥削下，农民也是终年辛勤而不免冻饿的。他还有几首专写“贫士”的诗，这不但写他自己，也写一切和他同样贫穷的人。他和劳动人民中间的距离缩短了，而且渐渐地和他们建立了一定的友谊，如他在《移居》里边说：

农务各自归，闲暇辄相思，相思则披衣，言笑无厌时。③

从这里显然可以看出，他和那些站在地主立场而歪曲农民生活的封建文士们是不同的。

陶渊明的诗歌是多方面的。他性情很旷达，喜欢喝酒，好像与人无争似的。他在《癸卯岁十二月中作与从弟敬远》诗里写雪，在《饮酒》诗里写菊，都能表现出诗人内在的心情，和把自己与大自然融合为一的喜悦。因此，人家就称他为“隐逸诗人”。但是他同时又是一个非常关心政治、关心祖国命运的人。他歌颂古代的侠客荆轲(《咏

① 戮力是勉力。

② 代耕是做官所得的薪俸；替是废止。

③ 披衣是加上衣服，含有出门互相看望的意思。

荆轲》),又歌颂神话中衔石填海的“精卫”(参看上文论《山海经》的部分),可以说明他并不是像一般人想象的那么冷淡,那么和社会不相干。鲁迅先生曾在《题未定草》(《且介亭杂文》二集)里告诉我们,这正是陶渊明伟大的原因。

鲍照字明远,东海(今江苏灌云)人,410年左右生,466年为乱军所杀。他的家庭比较贫贱,虽然从小就能写作,却不为上层分子所重视。后来渐渐成名,又为统治阶级所妒忌,使他不能发展创作的才能。为此,他常常在作品中吐露不平之气,如《拟行路难》:

> 对案不能食,拔剑击柱长叹息。丈夫生世能几时?安能蹀躞垂羽翼!弃置罢官去,还家自休息。……自古圣贤尽贫贱,何况我辈孤且直![①]

有时他也正面揭露统治者的压榨,如《拟古》:

> 束薪幽篁里,刈黍寒涧阴;朔风伤我肌,号鸟惊思心。岁暮井赋讫,程课相追寻;田租送函谷,兽藁输上林。……笞击官有罚,呵辱吏见侵。[②]

这时一般诗人大都重视文句的雕饰,赞美腐朽的生活。鲍照却能够向民歌学习,替人民说话。虽然在某些诗篇里也不免有些拼凑的对偶句子,但就全面看来,他的成就

① 安是怎样;蹀躞是用小步来走路。

② 篁是竹林;朔风是北风;井是井田的井,是种田的单位,井赋是按井而收的赋税;讫是完毕。程是期限;课也是税;函谷是函谷关;兽藁是养兽用的草;上林是汉代皇帝养禽兽的地方。

是远远超出一般诗人之上的。

鲍照以后，诗歌的写作规律逐渐形成，产生了一种所谓“新体诗”的作品，讲究四声和对偶。代表作家有谢朓、庾信等人，在诗歌的历史上有一定的地位。但比较起来，他们就算是次要的诗人了。

*　　*　　*

魏晋以后，小说的数量和质量都提高了。那时的小说主要有两类：一类以记鬼神为主，一类以记人事为主。这可以干宝的《搜神记》和刘义庆的《世说新语》为代表。

干宝字令升，新蔡（今河南新蔡）人，285 年左右生，360 年左右死。《搜神记》里的故事，有些采自史书，有些来自民间，这些故事有时很能够反映出劳动人民对自然的斗争，对压迫者的反抗。例如干将的儿子为父报仇的故事。干将与莫邪为楚王造剑，剑成而楚王杀干将，儿子决心为父报仇：

> 客有逢者，谓：“子年少，何哭之甚悲耶？”曰：“吾干将、莫邪子也，楚王杀吾父，吾欲报之。”客曰：“闻王购子头千金。将子头与剑来，为子报之。”儿曰：“幸甚！”即自刎，两手捧头及剑奉之，立僵。客曰：“不负子也。”于是尸乃仆。[①]

楚王终为客所杀。这里一方面揭露了统治者的残暴，一方面也反映了人民复仇的勇敢坚决。

---

① 将是送；不负是不孤负；仆是倒下。

刘义庆，彭城（今江苏徐州）人，403 年生，444 年死。《世说新语》写的都是历史上人物的言行，通过作者生动而真实的描绘，使我们能够认识到这些人物的性格与风度，有时也能从侧面看到统治者骄奢淫逸的丑恶面貌。

当时与《搜神记》相近的有刘敬叔的《异苑》、吴均的《续齐谐记》等，与《世说新语》相近的有殷芸的《小说》、侯白的《启颜录》等。

* * *

在小说以外的散文上，和在诗歌上一样，渐渐地偏重在形式上的讲究，而内容方面不免空虚。比较好的作家有南朝的范缜和北朝的郦道元。缜字子真，南乡舞阴（今河南泌阳）人，450 年左右生，六世纪初年死。他继承了王充的唯物论的思想传统，予以发扬光大，写出轰动一时的《神灭论》。他一方面正确地说明了形成生命的两种要素，就是生理的构造和心理的作用，所以人死之后，精神活动必然停止。他另一方面又尖锐地指责了统治阶级迷信和自私的可耻行为。他的雄辩的力量使统治者惊惶失措，也使广泛的读者欢欣鼓舞。道元字善长，范阳涿鹿（今河北涿鹿）人，生年不详，死于 527 年。他在杰作《水经注》中，精心描绘了山川的美丽，热情歌颂了祖国的景色。他自己是北方人，所以书中对于黄河流域写得比较详细，对于南方的水道写得比较简略，这正是他的实事求是的精神。

南北朝时也出现了一些文学评论方面的著作，其中最出色的是刘勰的《文心雕龙》。勰字彦和，东莞莒（今山东莒县）人，465 年左右生，520 年左右死。祖上虽然做过官，到他已很贫困。他的不朽的著作是《文心雕龙》，却不为当时人所重视。在这部杰出的著作里，他对于文体分类、写作方法，以及各时代的作家和作品，作了一个全面的、系统的研究。他指出：由于时代的不同，便产生不同的作品；又由于作者个性的不同，也产生不同的风格。对于当时文人偏重于对偶、用典、音节等不必要的讲究，一再予以纠正。他在《诠赋篇》里说：

> 繁华损枝，膏腴害骨；无贵风轨，莫益劝诫。①

又在《风骨篇》里说：

> 若瘠义肥辞，繁杂失统，则无骨之征也。……于是习华随侈，流遁忘反。②

他不但有比较好的主张，而且能用简练而形象的语言，把这些主张生动有力地表达出来。

此外，钟嵘的《诗品》和颜之推《家训》中的某些部分，也都是文学评论方面有价值的著作。

*　　　*　　　*

---

① 华就是花；膏腴是脂肪；太多的花和脂肪会妨碍了枝和骨，比喻文章在字句上太讲究了，就会损害了内容。风轨是风化和法度；无贵风轨，是在风化和法度上是不足贵的，就是说这种作品没有教育意义。

② 瘠是瘦；瘠义肥辞，是意义少而辞句多。征是证；习是学习；随是追随；流遁忘反，是继续发展下去。

最后讲一讲无名氏的乐府和歌舞戏等。

南北朝的民间乐府中，产生于南方的大都歌唱真挚的爱，产生于北方的大都诅咒残酷的战争。前者如《作蚕丝》：

春蚕不应老，昼夜常怀丝。何惜微躯尽？缠绵自有时。①

后者如《企喻歌》：

男儿可怜虫，出门怀死忧；尸丧狭谷中，白骨无人收。②

南方的作品常常是词句婉转而态度坚决，北方的作品比较朴素、质直。

民间乐府中有两首长篇叙事诗，值得我们特别提一提。一首是《孔雀东南飞》，写汉末焦仲卿、刘兰芝夫妇的婚姻悲剧。兰芝美丽聪明，能劳动；但仲卿的母亲③虐待儿媳，强迫仲聊和她断绝；兰芝回到娘家后，她的哥哥又迫她再嫁。最后，她就投水，仲卿也上吊，双双自杀了。在分别的时候，兰芝沉痛地、恳切地向仲卿说：

君当作磐石，妾当作蒲苇；蒲苇纫如丝，磐石无转移。④

---

① 丝是思的谐音；昼夜常怀思，就是没明没夜地想念。全首诗都是拿蚕来比人。

② 怀死忧，就是为死亡担心。

③ 编者按："亲"字为编者所加。

④ 磐石是大石头；纫是柔软而坚固。

这对忠实的情侣，终于成了封建婚姻制度和家庭制度的牺牲者。通过这个极其动人的悲剧，作者尖锐地控诉了封建礼教吃人的罪恶，也成功地塑造了两个向血腥的封建制度坚决斗争的形象。又一首是《木兰诗》，写北朝女子木兰伪装男子，代父从军的故事。当她立功回家的时候，作者用铺张的手法、赞扬的口吻，给作品一个愉快而丰满的结尾：

> 脱我战时袍，着我旧时裳。当窗理云鬓，对镜帖花黄。出门看火伴，火伴皆惊惶。"同行十二年，不知木兰是女郎！"①

在"百善孝为先"和重男轻女的封建社会里，木兰不但在道德上是个典范，而且替被压抑的女性吐一口气。这个妇女形象被塑造得有血有肉、可敬可爱。她的故事和这篇作品一向在民间广泛流传，是可以理解的。

和这些民间的乐府同时，又盛行了一些歌舞戏。其中较有意义的有北齐的《踏摇娘》与《兰陵王》，前者揭发二流子的丑行，又为受丈夫虐待的妇女伸诉，后者歌颂一个保卫国家、爱护士兵的将军，都体现出群众的爱憎，在娱乐的后面蕴藏着教育的意义。虽然戏词不传，但这种新的戏剧样式的出现，显然标志着古典文学在这一部门里的进展。

*　　*　　*

① 帖花黄就是在额间涂黄色，因为古时女子有黄额装。

以上略述秦汉魏晋南北朝的文学。无论在诗歌与散文上，或是在小说与戏剧上，比起前一个阶段来，都显出丰富多采的新气象。在作品的内容方面能够更广泛、更深入地反映出社会的矛盾来；在作品的体裁方面也比以前更成熟、更多样化了。有些为统治阶级服务的文士，写作走入歧途，在文学史上便不能占有地位。至于人民和接近人民的作家，却能够继承古典文学的优秀传统，而予以发扬和光大。

复习题

1. 以蔺相如的故事为例，说明《史记》的文学价值。
2. 王充对于写作的主张是怎样的？
3. 民间乐府的意义在哪里？
4. 陶渊明诗歌的主要成就是什么？
5. 《搜神记》和《世说新语》为什么值得我们重视？
6. 《文心雕龙》在文学史上占什么样的位置？
7. 当时戏剧发展的情况是怎样的？

五　隋唐宋元的文学

1. 隋及唐前期的文学

六世纪末年，隋文帝统一天下。从这时候起，一直到十四世纪中年元亡止，这七八百年是中国古典文学发展历史上的第四个阶段。

秦汉时候的新兴地主世世代代掌握了政权，因而形成了世族地主；到隋唐时候，由于生产力的发展，世族地主的地位便盛极而衰，代之而起的是地主中间又一个新兴的阶层，把专制主义中央集权的制度推进了一步。这时候地主的剥削仍严重，农民的生活仍痛苦，阶级的矛盾仍尖锐。同时，由于手工业与商业空前的繁荣，所以市人阶层就一天一天壮大起来，也就产生了它所特有的思想意识。此外，外族的侵入必然会激起人民的反抗，阶级的斗争和种族的斗争就常常结合起来。这一切都对当时的文学作品起了深巨的影响。

*　　*　　*

根据这阶段文学的演变情况，我们分隋及唐前期、唐后期及五代、北宋、南宋及金、元代五个时期来叙述。

现在先讲隋及唐前期的文学。

上文曾说，南北朝时候有一部分封建文人走入歧途，在诗歌散文上有中衰的样子。隋代是转变的时期，如杨素、薛道衡、李谔等，已经在作品中显露出新的气象。唐初作家王绩、陈子昂、李华诸人，也反对齐梁的坏习气。这就为唐代文学的繁荣打下良好的基础。

也应该指出，在接近齐梁的作家中间，如"初唐四杰"（王勃、杨炯、卢照邻和骆宾王）之类，他们的作品中还有好的一面。他们除在内容上有所提高外，对于文学的新样式的完成还有贡献。例如以后诗歌中有古体、律诗、绝句的分别，就是从这个时候开始的。所谓古体，是比较自由的体裁，每首的句数不定，每句的字数也不定，每字的音节也不定。这是前一阶段早已产生的，到这时才明确地和别的体裁区别开。所谓律诗，是每首以八句为限的诗；所谓绝句，是只有四句的诗。这两种以前也有过，但音节没有严格的规定，而且律诗中间的四句一定要对偶，也是到这时才确定的。

* * *

众所周知，唐代是祖国诗歌发展历史上最光荣的时期之一。在唐初作家初步努力的基础上，到八世纪上半期就达到全盛，习惯上称之为"盛唐"。盛唐诗人非常的多,最伟大的当推杜甫和李白,其次是王维。

王维字摩诘,太原祁(今山西祁县)人,701年生,761年死。他不但擅长写诗,也以音乐和绘画著称。他在诗和画里卓越地体现了大自然的美,所以苏轼说他"诗中有画,画中有诗"。这种"有画"的诗如:

倚杖柴门外,临风听暮蝉。渡头余落日,墟里上孤烟。(《辋川闲居赠裴秀才迪》)

流水如有意,暮禽相与还;荒城临古渡,落日满秋山。(《归嵩山作》)

他的《辋川集》尤其为人所传诵,如:

独坐幽篁里,弹琴复长啸;深林人不知,明月来相照。(《竹里馆》)

空山不见人,但闻人语响;反景入深林,复照青苔上。(《鹿柴》)

他长于用经过仔细琢磨过的语言,真实地写出人人习见而可能疏忽过去的景色,并且出色地表达出自己的体会来。我们读了,就能领会到诗人写作时所感受到的美感,正像欣赏一幅名画家的杰构似的。当然,他的作品中有时也不免渗杂一些消极的情绪,这是封建时代的文人所常有的。

李白字太白,和王维同年生。他五六岁时跟全家从西域搬到四川,这就成了他的故乡。壮年以后,游历各地。四十多岁的时候,他曾到长安,进翰林院,但不久就被排挤出来了。安禄山起兵，他参加永王的幕府；皇帝害怕永王争帝位，所以消灭了永王，也把李白流放到西南。后来遇赦东归，762年死在安徽。

在当时诗人中，他的才气比较大；他能用各种不同的样式，写各种不同题材、不同风格的诗篇。例如《望终南山寄紫阁隐者》：

> 出门见南山，引领意无限；秀色难为名，苍翠日在眼。有时白云起，天际自舒卷；心中与之然，托兴每不浅。何当造幽人，灭迹栖绝巘。①

这里卓越地写出了作者的宁静闲适的思想情感。但在《蜀道难》里却说：

> 噫吁戏，危乎高哉！蜀道之难难于上青天。……西当太白有鸟道，可以横绝峨嵋巅；地崩山摧壮士死，然后天梯石栈方钩连。上有六龙回日之高标，下有冲波逆折之回川；黄鹤之飞尚不得过，猿猱欲度愁攀缘。②

在山川艰险的描绘中，透露出作者豪迈的气魄，风格和前一首是不同的。

他对统治者的态度是高傲的，所以一则说"一醉累月轻王侯"（《忆旧游寄谯郡元参军》），再则说"安能摧眉折

---

① 造幽人是拜访隐士；绝巘是险峻的山峰。

② 噫吁戏是惊叹词；太白山在四川之北，峨嵋山在四川西部。六龙是传说中替日神拉车的；回日是说山高得太阳也得回头退却；逆折是漩涡。

腰事权贵"(《梦游天姥吟留别》)。在这傲骨背后,有一颗爱祖国、爱人民的炽热的心,如《古风·其十九》:

俯视洛阳川,茫茫走胡兵;流血涂野草,豺狼尽冠缨![1]

他愿意贡献出自己的力量,如《永王东巡歌》:

三川北虏乱如麻,四海南奔似永嘉。但用东山谢安石,为君谈笑静胡沙![2]

他的作品常常富于浪漫主义色彩。这个浪漫主义基本上是积极的。

杜甫字子美,巩(今河南巩县)人,712 年生。七岁便会做诗,但后来一再应考,都没有成功,直到四十多岁,才得到一个低级的官职。这时安禄山起兵了。兵荒马乱给人民和他自己带来的痛苦,使这位善良的诗人对统治阶级感到失望,所以后来就抛弃职位,到四川住家。当他的朋友严武到成都做节度使的时候,他曾在幕下做了几年事。不久,严武死了,他就离开成都。770 年冬初,他死在岳阳附近的船上。

杜甫的诗,大都写作在安禄山起兵以后。这时唐帝国的纸老虎已经戳穿,社会上各种矛盾爆发的结果,广大的劳动人民首先遭受到空前的灾难。杜甫在现实的启发

① 胡兵指安禄山的兵。豺狼尽冠缨是说一些坏蛋都做了官。

② 三川指洛阳,北虏指安禄山。永嘉是西晋亡国时的年号,谢安石是东晋初年有名的宰相。

下，获得了更深入、更丰富的生活体验，提高了他的作品的质量，使他的成就超过了其他的诗人。在乱前，他已经写出使人惊心动魄的表现阶级尖锐矛盾的名句：

> 朱门酒肉臭，路有冻死骨。荣枯咫尺异，惆怅难再述！（《自京赴奉先县咏怀五百字》）

乱后更产生了无数杰作，如“三吏”（《新安吏》《潼关吏》《石壕吏》）、“三别”（《新婚别》《垂老别》《无家别》）之类。《石壕吏》写统治者派人抓丁，其中记老妇的话：

> 三男邺城戍，一男附书至，二男新战死。存者且偷生，死者长已矣！室中更无人，惟有乳下孙；孙有母未去，出入无完裙。老妪力虽衰，请从吏夜归；急应河阳役，犹得备晨炊。①

从这段悲惨的陈说里边，不但使我们看到一群在封建压榨下的苦难深重的老百姓的鲜明形象，同时也看到统治者及其帮凶们的无比丑恶的嘴脸。这首诗里所发现的真实，是从同类的许多事实中提炼出来的精粹，它是典型化了的。作者从这些事实中抽出最突出的特征，加以扩大和深入，赋以尖锐性和明确性，拿来概括在石壕村的老妇家里，写成这一首出色的诗篇。这个特点，直到他老年的作品中也还是很明显的。

在深刻批判现实的同时，他的诗歌中也透露出对于

---

① 乳下孙是正在吃奶的小孙儿。河阳在今河南孟县，那时郭子仪正守在河阳。

美好生活的憧憬。例如他的《茅屋为秋风所破歌》：

安得广厦千万间，大庇天下寒士俱欢颜，风雨不动安如山。呜呼！何时眼前突兀见此屋，吾庐独破受冻死亦足！①

这里不仅可以看出他的伟大的人道主义，也可以看出他期待未来幸福的坚强信心。他这种可贵的信心和他对祖国的热爱相结合，也反映在其他的诗篇里，如《闻官军收河南河北》之类。他远在四川，刚听到捷报，马上就联想到"即从巴峡穿巫峡，便下襄阳向洛阳"了。

杜甫的诗是包罗万象的。他的全集中有不少是怀着恳挚的心情来思念家人（如《月夜》《得舍弟消息》）或好友（如《赠卫八处士》《天末怀李白》），或者是抱着衷心的钦佩来歌唱艺术的成就（如《观公孙大娘弟子舞剑器行》《韦讽录事宅观曹将军画马图》），或者是用简练、形象的语言来描摹自然的美，如《绝句二首》：

迟日江山丽，春风花草香；泥融飞燕子，沙暖睡鸳鸯。（其一）

江碧鸟逾白，山青花欲燃；今春看又过，何日是归年！（其二）②

他在晚年喜欢追忆往事，怀念古人，如《壮游诗》《诸将》《秋兴》等，今举《咏怀古迹》一首为例：

---

① 突兀是高耸的意思。

② 然与燃同，欲燃是说花红得像火烧一样。

支离东北风尘际,飘泊西南天地间。三峡楼台淹日月,五溪衣服共云山。羯胡事主终无赖,词客哀时且未还。庾信平生最萧瑟,暮年诗赋动江关。[①]

这里讲的是古迹,实际上写的是现在;联系到诗人自己的遭遇,就更能够感动读者。

这一切都使杜甫成为祖国历史上只有屈原可与并列的伟大诗人。

2. 唐后期及五代的文学

八世纪中叶以后,唐代文学上渐渐产生一些变化。首先是在散文方面掀起了古文运动,其次在诗歌方面出现了以白居易为首的一些写批判现实的“讽喻诗”的作家。词和传奇的盛行,也在这个时候,更助成了唐代后期文学的繁荣。

* * *

上文曾说,隋及唐初的散文作家中,有些是继承了前一时期的浮华雕琢的风气的,不过也有一些人却表示反对,如李谔、李华等。到韩愈、柳宗元的时候,这反对的浪潮就高涨起来,成功一个提倡“古文”的运动。

① 支离是流离;淹是久留;五溪在四川湖南间;羯胡指南北朝的侯景,实际上是说安禄山;词客是诗人;萧瑟是不得意。

韩愈字退之,南阳(今河南沁阳)人,768年生,824年死。柳宗元字子厚,河东(今山西永济)人,773年生,819年死。他们两人对于散文改革的主张是大致相同的。归纳起来,有下列四点:第一是重视儒家的经典,第二是发扬儒家的学说,第三是提高道德的修养,第四是学习先秦和西汉的作家。这些主张对唐及唐以后的散文起着极大的影响。

他们两人的作品都实践着自己的主张,不过它们的思想内容与写作手法还是有区别的。韩愈自认为儒家"道统"的继承者,可是在字句上极力避免过去的滥调:

> 始者,非三代两汉之书不敢观,非圣人之志不敢存;处若忘,行若遗,俨乎其若思,茫乎其若迷。当其取于心而注于手也,惟陈言之务去,戛戛乎其难哉。(《答李翊书》)①

他的风格是比较雄肆的。柳宗元却有勇气反对传统制度中的不合理部分,如在《封建论》里就批判了父子相继、世世掌握政权的制度:

> 今夫封建者,继世而理。继世而理者,上果贤乎?下果不肖乎?则生人之理乱,未可知也。②

他的气魄也许没有韩愈的大,但比较坚实、挺拔。有时他

① 俨是矜持、庄重的样子;陈言是陈旧的语言;戛戛本是形容牙齿不相值的,这里形容困难。

② 理是治天下的意思;不肖是不贤。

用寓言的体裁,来批判现实,如《黔之驴》《永某氏之鼠》等,意义是极深刻的。

韩柳以外,参加这个运动的,还有李翊、皇甫湜、沈亚之诸人,新的风气就逐渐养成了。

*　*　*

诗歌方面,在杜甫的影响下,作家们写作态度变得更严肃了,对政治也更关心了。其中的代表人物,应该推白居易。

白居易字乐天,下邽(今陕西渭南)人,772 年生。他很早就学习做诗,二十多岁开始做官。中间有好几次被人排挤出去,到过江州、杭州、苏州等地。晚年的官做得稍大些,846 年死。

白居易在杜甫的影响下,坚决主张文学应该批判现实中的缺点。他诗歌中有许多“讽喻诗”,就是他的主张的实践。最著名的作品当推《秦中吟》十首与《新乐府》五十首,如《新丰折臂翁》控诉战争给老百姓带来的灾难:

> 村南村北哭声哀,儿别爷娘夫别妻;皆云前后征蛮者,千万人行无一回。

含意深刻而辞句明白晓畅,是这六十首的特点,也是白居易诗的共同特点。六十首以外的如《新制绫袄成感而有咏》:

> 百姓多寒无可救,一身独暖亦何情;心中为念农桑苦,耳里如闻饥冻声。

在朴素自然的诗句里流露出作者对于人民生活的关怀。

这些“讽喻诗”之外,他还有不少好诗。我们试举那首极为传诵的长篇叙事诗《长恨歌》为例。明皇和杨贵妃的恋爱故事向来在封建文士中间成为流行的题材,在这首诗里更获得出色的描绘。诗人一方面极力刻画明皇在贵妃死后的哀痛:

> 归来池苑皆依旧,太液芙蓉未央柳;芙蓉如面柳如眉,对此如何不泪垂!……鸳鸯瓦冷霜华重,翡翠衾寒谁与共?悠悠生死别经年,魂魄不曾来入梦。①

同时他也没有忘记他们从前的荒淫:

> 云鬓花颜金步摇,芙蓉帐暖度春宵;春宵苦短日高起,从此君王不早朝!……缓歌漫舞凝丝竹,尽日君王看不足。渔阳鼙鼓动地来,惊破《霓裳羽衣曲》。②

755年的安禄山的变乱,在唐代三百年的历史上是一件大事,老百姓的苦难是说不完的。这首长诗第一句就说“汉皇重色思倾国”,结果国家真的快要倾覆了。

虽然白居易有一定的局限性,但就他的全部作品看来,他比较能够说出了人民心里的话,表达了人民的爱与恨。真正的诗人,不能不属于人民。

---

① 太液池在未央宫北,未央宫在长安故城西南角。成对的瓦叫鸳鸯瓦;翡翠衾是被上织着翡翠鸟的花纹。

② 步摇是女子首饰;芙蓉帐是帐上画着芙蓉。渔阳在今河北蓟县一带,安禄山从这里起兵;《霓裳羽衣曲》是唐代舞曲,杨贵妃擅长这个曲。

这时还产生了一些次要的诗人,如元稹、李商隐、杜牧等,对于诗歌都各有一定的贡献。

唐代中年以后,兴起了一种新的诗体,叫做词。词是根据音乐调子来创作的长短句的歌曲,每首的句数和每句的字数都有一定的规则。它起初是民间无名氏的作品,后来文人也参加写作,如唐末的温庭筠,五代的韦庄、冯延巳和李煜等人,其中李煜的成就比较大。煜字重光,是南唐的后主,徐州(今江苏徐州)人,937 年生,978 年死。他在词中写"往事",写"故国",写愁写恨,写人生如梦。尽管他的思想情感和人民有距离,但由于他在写作上的高度的概括性,强烈的形象性,语言又极优美自然,所以他的作品为不少读者所喜爱。

* * *

小说在隋唐以后,较以前得到更快的发展。现在我们简单谈一谈唐代的传奇。

唐传奇的历史可以分三个阶段。在唐前期,即七世纪及八世纪初年,是第一个阶段,这时作品是比较少的。到唐后期,传奇就发展起来了。八世纪中年到九世纪初年是第二个阶段。这时作品不仅数量多,而且质量高。有名的如《枕中记》《长恨传》《莺莺传》《南柯太守传》《霍小玉传》等都产生在这个时候,专集如《幽怪录》《纪闻》等也在这时出现。九世纪初年以后为第三个阶段,这时佳作较少而专集特别多。同时,因为作品渐多,需要有选集，所以就出现了《异闻集》。

把唐代特别是后期产生的传奇综合起来看，便知道它们大都能够形象地、正确地描绘当时的社会现实，如《长恨传》和《枕中记》写出了统治阶级的腐朽生活和争权夺利的丑恶，如《东城老父传》与《红线传》写出了政治割据的罪恶和战争的残酷，如《霍小玉传》《莺莺传》和《非烟传》写出了妇女在恋爱和婚姻中悲惨的遭遇。在人物的塑造和语言的运用上，也有高度的成就；常常能够用简练、自然的语言，生动地写出人物的特征来。如《霍小玉传》写李益负心后，小玉病重了，李益被人强拉去看小玉时，小玉的激动的情况：

> 玉沈绵日久，转侧须人，忽闻生来，欻然自起，更衣而出，恍若有神。①

又如《枕中记》写卢生在梦中做了大官，被诬下狱后，懊悔地想着：

> 吾家本山东，良田数顷，足以御寒馁，何苦求禄？而今及此！思复衣短裘，乘青驹，行邯郸道中，不可得也！②

这里小玉的又爱又恨，卢生的患得患失，都跃然纸上了。

唐代以后，还有人继续写传奇，不过平庸的居多。

戏剧方面的成就不及小说，但也能在南北朝基础上

---

① 沈绵是疾病缠绵日子很长；欻然是忽然。

② 山东是太行山以东。邯郸指河北省南部及河南省北部一带地方。

有所提高,包括角觝戏、歌舞戏、傀儡戏、滑稽戏等等。

3. 北宋的文学

宋代继承着隋唐,在文学上有进一步的发展。宋初有所谓“西昆体”的作家,追求形式上的技巧,使诗歌散文一度走了弯路。词的写作,起初也常常局限在五代的旧框子里。到十一世纪以后,便逐渐走上光明的大道,造成了文学史上的新局面。

* * *

十一世纪的重要作家有欧阳修、王安石、苏轼等三人,而苏轼的地位最高。

欧阳修字永叔,庐陵(今江西吉安)人,1007年生,1072年死。他继承唐代的古文运动,作品都极明白晓畅,风格是安闲平易的。如《泷冈阡表》里记述他母亲追叙父亲的一段谈话:

> 汝父为吏尝夜烛治官书,屡废而叹。吾问之,则曰:“此死狱也。我求其生不得尔。”吾曰:“生可求乎?”曰:“求其生而不得,则死者与我皆无恨也,矧求而有得耶?……”①

通过这种平正朴素的文章,古代善良官吏的形象就被生

① 官书是公文;死狱是要判死刑的官司;矧是况且。

动地表现出来了。他也写了不少的诗,用平易近人的语言,抒写自己的思想情感,尤其希望能够表达“下情”:

京东聚群盗,河北点新兵。饥荒与愁苦,道路日以盈。子盍引其吭,发声通下情。(《赠杜默》)①

如《食糟民》《永阳大雪》《喜雨》等篇,都是比较好的作品。无论在散文或诗歌方面,他都能给他的后辈作家留一个好榜样。

王安石字介甫,抚州临川(今江西临川)人,1021 年生,1086 年死。他是杰出的政治家,他在写作上的成就和他在政治上的革新主张是分不开的。散文方面如他的《本朝百年无事札子》《上仁宗皇帝言事书》等,都能切中时弊,有强烈的逻辑性。他的文章的特点是文字经济,结构谨严,作风峭刻而明确,《答司马谏议书》可以为例:

今君实所以见教者,以为侵官、生事、征利、拒谏,以致天下怨谤也。某则以为:受命于人主,议法度而修之于朝廷,以授之于有司,不为侵官;举先王之政,以兴利除弊,不为生事;为天下理财,不为征利;辟邪说,难壬人,不为拒谏;至于怨诽之多,则固前知其如此也。②

诗歌方面如《读诏书》《后元丰行》等,都深刻地体现着他对人民生活的关心,而“感事”尤能沉痛地写出“苛政猛于

① 吭是喉咙,引吭就是提高嗓门;下情是老百姓的真实情况。

② 君实是司马光的号;有司是官吏;壬人是坏人。

虎”的悲惨情况:

贱子昔在野,心哀此黔首;丰年不饱食,水旱尚何有!虽无剽盗起,万一且不久;特愁吏之为,十室灾八九。原田败粟麦,欲诉嗟无赇;间关幸见者,箠扑随其后。①

他的歌唱自然的美的小诗(《梅花》《书湖阴先生壁》及其他),极为人所传诵;因为诗中意境常常比别人更深入一层,而造成特有的风格。

苏轼字子瞻,眉州眉山(今四川眉山)人,1036年生。他做了长期的高级官吏,始终站在良吏的立场,进行些有利于人民的建设。他曾几次被贬谪,最远到过海南岛。1101年死。他是个具有多方面艺术才能的作家,不但擅长诗歌散文,写字作画也很出色。

他能观察,能分析,而他观察、分析的结果,都可以用清新流利的语言,形象地、奔放地体现在他的诗和词里。如《念奴娇·赤壁怀古》说②:

大江东去,浪淘尽、千古风流人物。故垒西边,人道是、三国周郎赤壁。乱石崩云,惊涛裂岸,卷起千堆雪。江山如画,一时多少豪杰!遥想公瑾当年,小乔初嫁了,雄姿英发;羽扇纶巾,谈笑间、强虏灰飞

① 贱子是作者自称;黔首指老百姓;剽是劫;赇是贿赂;间关是说路上经历好多困难。

② 编者按:“念奴娇”为词牌名,原文缺,今增补。

烟灭。故国神游，多情应笑我，早生华发。人生如梦，一樽还酹江月。①

词自唐末以后，内容常常局限在男女的爱悦或个人的悲欢里边。宋初继承五代，后来逐渐有所改变，在柳永身上表现得更为明显。他的作品不但篇幅比较长，而且内容也扩大了，如都市的繁荣豪奢，市民阶层的思想意识，不幸妇女的痛苦与愿望，以及流浪生活的感受，都写在词里。苏轼的作品代表着风气的再度转变；在上边引的这一首里，一方面追怀古英雄的战绩，一方面感叹自己的遭遇，上下古今，能发能收；自然形象与人物形象，能够水乳般交融地放射着强烈的感染力。他才气大，阅历广，因而他的题材有过人的广泛性。诗歌方面，也是这样；他特别关心人民的痛苦，愿意拿诗歌来讽谏：

茅苫一月陇上宿，天晴获稻随车归。汗流肩赪载入市，价贱乞与如糠粞。卖牛纳税拆屋炊，虑浅不及明年饥。（《吴中田妇叹》）②

为什么辛苦收了稻还不够纳税呢？原来是“官今要钱不要米”了！作者这种深厚的情感也表现在他和朋友们赠

① 赤壁有两个，一个是周瑜破曹操的赤壁，在湖北嘉鱼县东北；一个是苏轼所游的地方，名赤鼻矶，在湖北黄冈县城外；苏轼做这首词的时候，误把赤鼻矶当作曹操兵败的地方；怀古是怀念历史上的人或事。公瑾即周瑜；小乔是乔玄的小女，周瑜妻；其姊大乔为孙策妻，合称二乔。纶巾是一种帽子；华发是头发中有白的，这时苏轼才四十七岁，所以说早生；酹是把酒浇在地上来祭神。

② 茅苫是茅草盖的房子；赪是红色。

答的诗里。在描绘大自然的时候，他常常把自己的情感和山水风景融合成一片；如《和子由记园中草木》及《四州环一岛》等首，都可为例。就在单纯的写景小诗中，也有古今传诵的篇章，如《饮湖上初晴后雨》：

水光潋滟晴方好，山色空蒙雨亦奇。欲把西湖比西子，淡妆浓抹总相宜。①

由于比喻的恰切，措辞的简要，就增加了作品感动人的力量。

苏轼认为作文应该像行云流水一样，所以他的散文有明快奔放的特点，气势是纵横驰骋的，结构是变化无端的。有时他用巧妙的比喻，雄辩地批判了当时一些不正确的风尚，如《日喻》：

生而眇者不识日，问之有目者，或告之曰："日之状如铜盘。"扣盘而得其声，他日闻钟，以为日也。或告之曰："日之光如烛。"扪烛而得其形，他日揣籥，以为日也。日之与钟、籥，亦远矣，而眇者不知其异，以其未尝见，而求之人也。

道之难见也，甚于日；而人之未习也，无以异于眇。达者告之，虽有巧譬善导，亦无以过于盘与烛也。自盘而之钟，自烛而之籥，转而相之，岂有既乎？故世之言道者，或即其所见而名之，或莫之见而意

① 潋滟是水满的样子；空蒙是迷茫的样子。

之，皆求道之过也。[①]

此外他在评议史事和时政的议论文方面（如《决壅蔽》等），或是在抒情和写景的小品方面（如《石钟山记》等），也都获得高度的成就。

总之，苏轼无疑是宋代最伟大的作家；他的作品不但在后代有长远的影响，而且声誉还传到国外。

*　　*　　*

北宋末年的作家中，李清照应该特别提出来。

李清照字易安，济南（今山东济南）人，1081 年生，1145 年左右死。她的学识很渊博，写作的方面也很广阔，在词上尤其有重大的成就。她和赵明诚结婚后，早年的生活比较美满，所以写了象《一剪梅》（“红藕香残玉簟秋”）一类的作品，风格是清丽的。晚年遭遇到北宋末年的战乱，赵明诚又死了；在流离孤单的心情下，产生了一些凄婉的作品，如《永遇乐》：

> 如今憔悴，风鬟霜鬓，怕见夜间出去。不如向帘儿底下，听人笑语。

这比一般上层妇女所常有的幽怨，显然更深刻些。词的语言清新活泼，工巧而没有雕琢的痕迹。她的诗中有些是表达了北方沦陷以后的情绪，如《上胡尚书诗》《绝句》

① 眇是一只眼小，这里泛指盲人；扪和揣都是摸；籥是笛一类的乐器；道是真理；达者是了解透彻的人；之钟、之籥、相之的“之”，就是到那里去的意思；既是穷尽。

之类。在女作家中,她的地位是比较高的。

北宋次要的作家还有柳永、曾巩、黄庭坚、周邦彦等。

4. 南宋及金的文学

北宋的亡国刺激了作家,所以南宋的文学获得了新的内容。金和南宋同时,文学上的成就不太显著。应该指出的是:这时在小说和戏剧方面有比以前更重要的进展。元代以及明清创作的繁荣,主要是在宋代奠定了基础。以后小说和戏剧在文学史上的比重,越来越超出诗歌和散文了。

* * *

作为南宋文坛上爱国主义的旗帜的是伟大的作家陆游和辛弃疾。

陆游字务观,山阴(今浙江绍兴)人,1125年生。他从小就深深地感到外族侵凌的痛苦,所以终身都怀着恢复失地的壮志。做官以后,曾在四川停留过十年;那边的将帅都是爱国的,这给他很大的鼓舞,也影响到他的写作。六十多岁以后住在家里,1210年死。

他的作品里是洋溢着深厚的爱国热情的。他在诗里沉痛地怀念沦陷的地区,严厉地指斥统治阶级的投降主义。偶然打了胜仗,他便热烈地歌颂,甚至在睡梦中也幻想着失地的收复，如《五月十一日夜且半，梦从大驾亲征，尽复汉唐故地。见城邑人物繁丽，云西凉府也。喜甚，马上作长句，未终篇而觉，乃足成之》：

> 熊罴百万从銮驾，故地不劳传檄下；筑城绝塞进新图，排仗行宫宣大赦。①

他还写了不少诗来表达慷慨从戎的雄心，可惜他直到死还没有看到故国的光复，所以遗嘱说：

> 死去元知万事空，但悲不见九州同！王师北定中原日，家祭无忘告乃翁！（《示儿》）②

这样悲痛而恳切的嘱咐，千百年后还感动着无数读者。不仅在诗里，就在词里，也体现了同样的热情。他的《双头莲》说：

> 华鬓星星，惊壮志成虚，此身如寄。萧条病骥，向暗里消尽当年豪气。梦断故国山川，隔重重烟水。③

无论采用什么样式来创作，他的思想情感是一致的。

从这个爱国主义精神出发，他必然地热爱那些辛勤地建设祖国的人民。他在作品里祈求农作物和畜牧的丰收，为城市萧条而叹息，揭露贫富间的不均，抨击统治者的腐朽，重视群众的舆论。他不仅在情感上和人民打成

---

① 熊罴指战士；銮驾指皇帝；檄是军书。

② 九州同指祖国的统一；乃翁是你的父亲，这里指作者自己。

③ 华鬓是头发有白的；骥是好马，这里作者用来比喻自己。

一片，在生活实践上也接近人民。他亲自参加农耕的劳动：

> 中春农在野，蚕事亦随作；手种"临安青"，可饲蚕百箔。……舍南种胡麻，三日幸不雨；晨起亲按行，已见青覆土。(《村舍杂书》)①

他在诗篇里细致地描绘了劳动的过程，表达了对于劳动成果的由衷的喜悦。他不但自己劳动，也时常拿这一点来教育后辈：

> 诸孙晚下学，髻脱绕园行。……富贵宁期汝，他年且力耕。(《农家》)

惟有劳动可以使人高贵，这是他写作成功的一个原因。

他的作品不但具有深刻的思想内容，也有完美的艺术成就。他的语言的色泽比较鲜明，而能够朴素自然，有时还采用口语。他写的律诗又多又好，虽在严密的格律下，无论抒情或写景都获得高度的成功。他无疑是宋代最伟大的诗人之一。

辛弃疾字幼安，历城(今山东济南)人，1140 年生，1207 年死。他早年曾参加敌区的抗金游击战，和陆游同样地终身渴望祖国山河的恢复。他主要用词的体裁来表达自己的爱国热情：

> 醉里挑灯看剑，梦回吹角连营。八百里分麾下

---

① 中春就是春天之中；"临安青"是一种桑树；箔是薄帘，这里指养蚕用的垫子。

炙，五十弦翻塞外声，沙场秋点兵。(《破阵子》)①

事无两样人心别。问渠侬：神州毕竟几番离合？汗血盐车无人顾，千里空收骏骨。正目断关河路绝。我最怜君中宵舞，道男儿到死心如铁。看试手，补天裂。(《贺新郎》)②

在遇到挫折的时候，消极的念头暂时战胜了积极的思想，他也写了些陶醉于山水风月里的作品。不过在他写山水的词里，仍然洋溢着浓厚的情感，如：

问何物能令公喜？我见青山多妩媚，料青山见我应如是。情与貌，略相似。(《贺新郎》)③

争先见面重重，看爽气朝来三数峰：似谢家子弟，衣冠磊落，相如庭户，车骑雍容；我觉其间，雄深雅健，如对文章太史公。(《沁园春》)④

这种亲切的颂美，可以看作爱国热情的另一种体现，所以它和他的“补天裂”的心愿同样可以说明他忘不了祖国。

---

① 炙是肉。

② 渠侬就是他人，这里指和作者意见不同的人；神州是中国；毕竟就是到底；汗血是好马，用来拉盐车，太委屈了；骏骨是死了的好马的骨头。古代神话中有女娲氏炼石补天的故事，这里用“补天裂”来比喻挽救祖国的危亡。

③ 公是对人的尊称，有点像现在的您；妩媚是美好动人。

④ 谢家是中古的世族地主家庭，由于把持了政权，就也把持了文化，所以子弟中的人材也不少；磊落是俊伟，衣冠磊落指容仪很好，这里拿来比山水的风景。相如指西汉作家司马相如，雍容是安闲大方，有派头，车骑雍容也是风景的比喻。太史公指司马迁，这里拿《史记》文章的雄深雅健的风格，来形容山水。

他的才华是多方面的，不但会写雄肆悲壮的词，也会写比较委婉的词，但豪爽奔放终归是他的作品的主导风格。

南宋其他的作家有杨万里、范成大、陈亮、姜夔、文天祥等，现在不详论了。

金代诗文作家不多，比较突出的是元好问。好问字裕之，秀容(今山西忻县)人，1190 年生，1257 年死。他在诗里描绘了北方壮伟的山河(如《游九华山》)，抒写了自己感伤时事的心情(如《壬辰十二月车驾东狩后即事五首》)，揭露了在惨重剥削下的农民生活(如《雁门道中书所见》)，以及元人侵金战中人民所遭受的屠杀和掳掠(如《五月三日北渡三首》)，而《续小娘歌十首》更是凝聚着当时无数在俘虏生活中挣命的人民的血泪：

山无洞穴水无船，单骑驱人动数千；直使今年留得在，更教何处过明年！(其三)

雁雁相送过河来，人歌人哭雁声哀；雁到秋来却南去，南人北渡几时回！(其六)

他的词和诗一样的豪迈而深刻，和苏轼、辛弃疾的词比较接近；如《水调歌头》(“山家酿初熟”)写登山临水的感慨，可以为例。

* * *

最后研究一下当时的话本和戏剧。

话本是说话人的底本。说话就是说故事，是都市娱乐场所里的一种技艺。话本始于唐代，到宋元间就盛行起来。当时的作品有三类:第一类是讲市人们日常生活的,叫做“小说”;第二类是讲佛教故事的,叫做“谈经”;第三类是讲历史故事的,叫做“讲史”。

宋元间的“小说”大都载在“京本通俗小说”等选本里。这些作品虽然不免夹杂有迷信、色情的缺点,但它们大都是以当时的现实社会现象和人们的现实生活为素材而构成的。如《错斩崔宁》以一个小市民的家庭惨变为题材,来谴责封建官府的无视民命。崔宁与被杀者毫无关系,仅由一些偶然的巧合,就被判为杀人犯:

> 府尹大怒,喝道:“胡说!世间不信有这等巧事!他家失去了十五贯钱,你却卖的丝恰好也是十五贯钱,这分明是支吾的说话了。……你这等顽皮赖骨,不打如何肯招!”当下众人将那崔宁与小娘子死去活来,拷打一顿。……拷讯一回,可怜崔宁和小娘子受刑不过,只得屈招了,说是一时见财起意,杀死亲夫,劫了十五贯钱,同奸夫逃走是实。左邻右舍都画了十字。将两人大枷枷了,送入死囚牢里。将这十五贯钱给还原主,也只好奉与衙门中人做使用,也还不够哩。①

从这里我们看到官吏的昏庸、固执、贪婪,与老百姓的沉冤莫诉,这故事是有现实基础的。又如《汪信之一死救全

---

① 府尹是州府的长官;十五贯是十五串钱;支吾是说话吞吞吐吐,虚与应付;画十字就是画押。

家》写一个徒手起家的工商业者，在腐朽的统治阶级的重重压迫下，被逼得家破人亡。他叹息道：

> 吾素有忠义之志，忽为奸人所陷，无由自明。初意欲擒拿县尉，究问根由，报仇雪耻。因借府库之资，招徕豪杰，跌宕江淮，驱除这些贪官污吏，使威名盖世。然后就朝廷恩抚，为国家出力，建万世之功业。今吾志不就，命也！①

这里活生生地替我们刻画出一个“卢俊义型”的好汉来，同时也就深刻地揭示了这一阶层的人的遭遇。

“讲史”现存《五代史平话》《宣和遗事》《三国志平话》等。它们与后代的章回小说有密切的关系，如《宣和遗事》内关于宋江诸人的描述就是梁山英雄故事的最早的蓝本。这书作者一方面反映了广大人民为保卫祖国而斗争的坚强意志，一方面也把统治阶级骄奢淫佚、欺压百姓的罪恶揭露出来。

至于“讲经”，现在看不到了。另有一种“取经诗话”，是介于“讲史”与“小说”之间的作品；它能够把猴行者这个不朽形象初步塑造起来，是值得肯定的。

* * *

这时的戏剧较唐代有更大的进展，特别是诸宫调和南戏的出现有巨大的意义。诸宫调是一种可说可唱的叙述故事的作品，在题材和乐曲上都接近元代杂剧。南戏

---

① 县尉是县内掌握武力的官；跌宕原来是放荡的意思，这里是说自由行动。

是南北宋之间流行于浙江沿海一带的地方戏,可以说是明清传奇的先驱者。诸宫调现存宋无名氏《刘知远》与金董解元《西厢记》两种。这些虽然不是剧本,但和杂剧的发展有密切的关系;而且像《董西厢》这样的作品,它本身的成就也是很高的。宋元间南戏作品较多,不过大都残缺了,完整的有无名氏《张协状元》等。这剧中的女主脚的形象很鲜明,其他人物也相当生动;语言朴素、洗练,有时非常活泼、自然。这些南戏对于传奇的影响是很明显的。

5. 元代的文学

元代继宋金之后,文学上的收获主要在于北曲方面。用北曲来写诗歌,就成为散曲;用北曲来写戏剧,就成为杂剧。散曲是和词相近的长短句的歌曲,单独一首叫做小令;几首联合起来,叫做套数。杂剧一般分成四折,偶然有四折以上的,如果故事复杂,也可以写到二十折,或者更多。杂剧、散曲以外,好的作品却很少了。

*　　*　　*

元代杂剧作家中,最伟大的当推关汉卿与王实甫。

关汉卿号已斋叟,大都(今北京)人,大约生于金亡(1234 年)前后,死在十四世纪初年。他的生活能够超出一般知识分子的狭小天地,而和广大的市人阶层接近。这样就使他熟悉了民间的文艺,也熟悉了群众的生活,而加强了作品中的人民性,获得了出色的成就。

他的杂剧不仅数量推元代第一,质量也比较高,作品的题材是广泛的,主题思想是积极的、明确的。不管他写贪官污吏或土豪恶霸,不管他写英雄豪杰或佳人才子,其中贯串着一个基本精神,就是反压迫。

《窦娥冤》是他的代表作之一。这剧的主题是在于揭露统治阶级的罪行,而火力集中在官僚政治的黑暗。主角窦娥被写成一个性格坚强、敢于斗争的典型。她被杀前唱道:

> 你道是天公不可期,人心不可怜,不知皇天也肯从人愿。做甚么三年不见甘霖降?也只为东海曾经孝妇冤,如今轮你山阳县。这都是官吏每无心正法,使百姓有口难言。①

全剧的结构是紧凑而严密的,语言也是朴素而生动的。

此外如《蝴蝶梦》《鲁斋郎》《望江亭》等剧揭发一些"权豪势宦",他们"打死人不偿命",而且自夸"街市小民闻我怕"。又如《救风尘》《金线池》等剧反映了妓女生活的痛苦,也刻画了她们的斗争性。这些作品都说明,作者在思想情感上靠拢人民,在写作手法上忠于现实:这是他伟大的地方。

---

① 汉代传说,东海一孝妇冤枉被处死刑,就接连三年都有旱灾。每就是们。

王实甫名德信，易州定兴(今河北定兴)人。生卒年月不易考定，大约活动于十三世纪末年与十四世纪初年。他做过官，后来弃官回家，过着退隐的生活。

他的作品不多，主要的是《西厢记》。反对父母包办婚姻，反对依仗金钱或势力来强迫成婚，反对对青年男女真挚爱情的迫害，这些本来是元代剧家所常写的内容，《西厢记》更是这方面的杰作。

这个剧虽演张生与莺莺的恋爱故事，但其中具有典型性的人物却是莺莺和她的婢女红娘。莺莺这个形象在唐传奇中已接近完成，董解元和王实甫都有所加工。红娘这个形象的塑造，却应该归功于王实甫。她聪明、活泼、勇敢、练达，更富于正义感与斗争性。在崔夫人责问她的时候，她理直气壮、义正辞严地回答：

> 这其间何必苦追求？常言道，“女大不中留。”……秀才是文章魁首，姐姐是仕女班头。……不争和张解元参辰卯酉，便是与崔相国出乖弄丑。到底干连着自己骨肉，夫人索穷究！①

这个光辉的形象，一向为广大群众所喜爱。此外，全剧的结构很紧凑，语言也有活泼、新鲜的优点。

别的作品如《丽春堂》和《破窑记》都比不上《西厢记》，事实上只有《西厢记》已经足够奠定作者在文学史上

---

① 参辰是互不相遇的星宿，卯酉是对立的时辰，这里四个字连用，意思就是“对头”。

的崇高地位了。

关王以外，还有不少次要的剧家，我们选择白朴与马致远两人来简单地谈一谈。朴字仁甫，真定（今河北正定）人，1226 年生，1310 年死。他的代表作《梧桐雨》能够在叙述杨贵妃和唐明皇恋爱悲剧的同时，也暴露了统治阶级的荒淫；而且对人物的内心生活能向深处发掘，结构也很周密；只是后半截对唐明皇的同情，未免有点过分。致远号东篱，大都（今北京）人，年辈稍晚于白朴。他的代表作《汉宫秋》也对汉元帝充满同情，不过在塑造王嫱这个形象上却很成功；作者一方面歌颂了她的爱国的高贵品质，一方面也谴责了满朝文武官僚的昏庸、怯懦。

当时无名氏的杂剧，如控诉统治阶级暴行的《陈州粜米》等，在元代也是较好的作品。

* * *

杂剧以外，元代作家们还写了不少的散曲。上述剧家关、王、白、马诸人也兼写散曲；至于专门写散曲的，有张养浩、刘致、冯子振、睢景臣、贯云石、徐再思等，而张可久可为代表。

张可久字小山，庆元（今浙江庆元）人，大约生于十三世纪七十年代，死于十四世纪四十年代。他写了七百多首小令，常常歌颂祖国风景的美丽，如写浙江的桐柏山：

松风小楼香缥缈，一曲寻仙操。秋风玉兔寒，野树金猿啸，白云半天山月小。（《清江引》）①

有时也忍不住要讽刺现实的丑恶：

人皆嫌命窘，谁不见钱亲！……文章糊了盛钱囤，门庭改做迷魂阵。（《醉太平》）②

他的语言是比较文人化的，但人民的口语却并没有被排斥。

自元以后，散曲还继续发展，而成为诗人写作的主要样式。

*　*　*

以上略述隋唐五代宋金元的文学。这时诗歌与散文方面固然都有巨大的成就，而小说与戏剧方面更有空前的发展。由于世族地主的没落，市人阶层的抬头，在作品里边渗入了新的意识，运用了新的题材，产生了新的样式，创造了新的形象，也配合了新的语言，同时就构成了文坛上丰收的盛况。

复习题

1. 李白诗歌的特点是什么？
2. 杜甫、白居易怎样批判了现实的丑恶？
3. 韩愈、柳宗元怎样改革散文的写作？

① 玉兔指月亮，因为传说月中有兔。
② 迷魂阵指妓院。

4. 苏轼在诗词和散文上有怎样的成就?

5. 陆游、辛弃疾作品中的基本精神是什么?

6. 试述唐传奇发展的过程。

7. 宋话本和后代小说有怎样的关系?

8. 举例说明关汉卿杂剧中的反抗精神。

9.《西厢记》是怎样塑造红娘这个形象的?

六　明清的文学

1. 明前期的文学

从十四世纪中年明王朝建立到十九世纪中年鸦片战争的五百年,是中国古典文学发展历史上的第五个阶段。

这时的手工业和商业资本,在前一阶段的基础上,获得更进一步的繁荣。手工业种类比较多,在某些企业里已开始使用机器。国内和国外的贸易活动,也空前地扩大。这些都促成资本主义经济因素的发展。和这个相配合的,是空前高度的中央集权和极端的君主专制。同时,科举制度进一步恶劣化,出现了束缚自由思想的八股文。再加上清代残酷的异族统治,阶级矛盾更一天一天尖锐化。民主思想日渐滋长、发扬,人民反压迫的斗争也日渐英勇起来。这一切都使这时期的文学以崭新的面貌和我们相见。

*　　　*　　　*

由于十六世纪中期及十七世纪中期在文学上有所变化,这阶段的论述可以分为三部分:明前期、明后期和清代(鸦片战争以前)。

现在我们先研究明前期的文学。这时的作品,特别是戏剧和小说,是在宋元的基础上发展起来的。

戏剧方面,杂剧完全是元人的继续,南戏却有新的进展,产生了《琵琶记》和"荆、刘、拜、杀"等著名的传奇。所谓传奇,就是用南曲写成的长篇剧本。

《琵琶记》作者高则诚名明,永嘉瑞安(今浙江瑞安)人,生于十四世纪初年,死于十四世纪七十年代。在思想上,他是受到时代和阶级的局限的。他认为戏剧应该有助于封建道德的维护。但是他的思想终究还有积极的一面,同时在写作上也能够忠实于现实,所以《琵琶记》的客观效果却突破了作者的主观意图。在这里,作者能够用贫富对比的方法,展开了社会现象的真实画面:一方面是大官僚地主的骄横、豪奢,一方面是在残酷压榨下的人民的苦难。在主要人物中,牛小姐写得比较苍白无力,但蔡邕的动摇心理却颇能烘托出来,而赵五娘这个形象尤其塑造得光彩照人。例如在《糟糠自餍》里就有力地写出她的自我牺牲的崇高精神。那时蔡邕出外未归,她一人在家侍奉公婆,又遇到荒年,勉强凑付一些饭菜给老人,自己却吃糠:

滴溜溜难穷尽的泪珠,乱纷纷难宽解的愁绪,骨崖崖难扶持的病身，战兢兢难捱过的时和岁。这糠我不待吃你呵，教奴怎忍饥？我待吃你呵，教奴怎生吃？思量起来不如奴先死，图得不知他亲死时。思之，虚飘飘命怎期！难捱，实丕丕灾共危！①

婆婆本来疑她背地吃好东西，看到她吃糠，不能不感动得落下泪来；读者和观众也不能不受到同样的感动，这正是《琵琶记》成功的地方。尽管这个剧有不少的小缺点，但优点却是更多的。

“荆、刘、拜、杀”是指朱权的《荆钗记》、无名氏的《白兔记》（即《刘知远》）、施惠（?）的《幽闺记》（即《拜月亭》）和徐㖫（?）的《杀狗记》。它们或者歌颂了夫妇间爱情的坚贞，或者批判了家长包办的婚姻制度，或者抨击了地主恶霸的罪行，或者鼓励了家庭的团结，都是应该肯定的。

*　　*　　*

明前期的小说，主要是从宋元话本上发展下来的章回小说，其中较重要的是《水浒传》和《三国志演义》。

《水浒传》写北宋时候宋江领导的农民义军的英雄故事。这个故事在上文所提到的话本《宣和遗事》里已经讲到过，后来经过民间无数无名氏的不断加工，最后据说到了伟大作家施耐庵手里，才成为一部思想性与艺术性高度结合的杰作。耐庵名耳，一说名子安，白驹（今江苏兴

① 奴是妇女自称；怎期是怎能有期望。

化)人,大约生于1296年,死于1370年左右。他以后,还有别人对《水浒传》做了些修改,这些修改有时也给作品带来些损害。

在这部杰出的章回小说中,活动着一百单八条好汉。这里主要有农民、渔民等劳动人民,也有些为上层特权分子所迫害的小职员、小军官、小商人、知识分子以及地主等等。他们都是有血性的、正直的、勇敢的;他们对斗争是能坚持到底的,对敌友和是非都是极其分明的。但作者在塑造这些人物时,并没有忽视每个人的个性。山寨的领导人物如宋江、吴用等,也各有各的特点。宋江一方面精明练达,一方面又仁厚仗义,在群众中有高度的威望,群众都愿为他效力。他起初是尊重封建秩序的,但是性格逐渐发展,逐渐下决心反叛。在山寨里,他的雄才大略获得施展,壮大了义军的力量。不过最后却上了招安的当,导致了农民初级政权的颠覆。书中对于他接受招安后的复杂心情,有细致的描写。吴用是义军中的战略家,为人足智多谋,谨慎细心。这个性格上的优点使他得到一系列的胜利,不但在为义军开辟了梁山的基地上有贡献,而且在战略战术上也经常提供“妙计”,有时还解决些头领间的微妙问题。他对招安上有点妥协,最后宋江死了,他就在坟前自杀。此外,如李逵、武松、鲁智深等形象,也都十分鲜明。李逵是《水浒传》中最能反映农民的精神品质的人物。他纯朴、坦率、公平、仁厚、忠诚,革命性极坚强，对自己的阶级极忠实，对敌人极憎恨；不过在纯朴、天真中，也带来粗疏的毛病。武松刚直强硬，勇力过人；在对统治阶级的幻想破灭以后，就燃起复仇的怒火，决心走上梁山了。鲁智深也是武艺过人的，性格豪爽、真诚，见义勇为；终于因打抱不平而受到迫害，不得不参加农民义军的队伍了。作者在这些人物的塑造上都是成功的，所以无论宋江或李逵，至今还生活在万千读者的心中。

结合着人物的完整形象，《水浒传》又提供了不少精彩场面，如智取生辰纲、攻打大名城、三打祝家庄、鲁智深大闹五台山、林冲雪夜奔梁山、景阳冈武松打虎之类。在智取生辰纲的事件中，一面写贪官污吏派杨志等护送礼物——生辰纲，一面写晁盖等七条好汉假装贩枣子的，来夺取这笔不义之财。在一个炎热的夏天，杨志等走到了土冈子上，同时第八条好汉白胜也出场了：

> 没半碗饭时，只见远远地一个汉子，挑着一付担桶，唱上冈子来；唱道："赤日炎炎似火烧，野田禾稻半枯焦。农夫心内如汤煮，公子王孙把扇摇！"那汉子口里唱着，走上冈子来松林里头歇下担桶，坐地乘凉。（第十六回）

经过了机智的斗争，最后这酒里的蒙汗药发挥了作用，终于把生辰纲取到手。在这里作者表现出吴用的神机妙算和众兄弟的高度的机动性，把个"智"字烘托得淋漓尽致。

白胜所唱的短歌,也形象地描绘了两个阶级的对立。

《三国志演义》是在《三国志平话》的基础上,相传由罗贯中改写而成的。贯中名本,一说名贯,钱塘人(一说太原人),1330 年左右生,1400 年左右死。他以后,还有别人继续修改。

《演义》以某个动荡纷扰的历史阶段为背景,揭露了政治集团的明争暗斗,表达了人民对政治人物的憎爱与取舍。刘备是作为一个爱人民的政治领袖出现的,关羽和张飞都是为人民所敬爱的英雄,所以"桃园结义"在民间一直有特殊的意义。诸葛亮更是封建时代中国人民的聪明智慧的典型体现。他能够深入观察现实生活,能够掌握客观事物的规律,能够敏捷地应付意外的变化;他有安定国家、建立功业的志愿,有宽大容忍的气量,有谨慎负责的工作态度。更突出的是,他对大事小事都具有正确的预见。他和刘备第一次见面,就谈到天下的大势:

> 玄德曰:"大丈夫抱经世奇才,岂可空老于林泉之下?愿先生以天下苍生为念,开备愚鲁而赐教。"孔明笑曰:"愿闻将军之志。"玄德屏人促席而告曰:"汉室倾颓,奸臣窃命,备不量力,欲伸大义于天下,而智术浅短,迄无所就。惟先生开其愚而拯其厄,实为万幸!"(第三十八回)①

① 苍生是老百姓;鲁是钝;屏人是把旁人赶走;促席是把坐位搬近些;拯其厄是解救困难。

接着就是历史上有名的"隆中对",诸葛亮向刘备详细说明当时的局势,指出曹操与孙权是不易消灭的,但荆州的刘表和益州的刘璋是可以赶走的,只有先占有荆、益,才能进而攻曹、孙:

> 言罢,命童子取出画一轴,挂于中堂,指谓玄德曰:"此西川五十四州之图也。将军欲成霸业,北让曹操占天时,南让孙权占地利,将军可占人和。先取荆州为家,后即取西川建基业,以成鼎足之势,然后可图中原也。"玄德闻言,避席拱手谢曰:"先生之言,顿开茅塞,使备如拨云雾而睹青天。"……只这一席话,乃孔明未出茅庐,已知三分天下,真万古之人不及也!(同上)①

这里作者不但告诉我们刘备怎样渴求人材,同时也把这位未来的杰出政治家与军事家的丰满而鲜明的形象刻画出来了。和这些正面人物相反,作者又从剥削阶级本质上,塑造了曹操、司马懿等否定的典型。

总之,这部小说能够在广阔范围内,深刻而真实地反映封建社会某时期的政治集团斗争,通过复杂的方式来反映人民的要求和人民的性格。它对后代的影响是长远而广泛的。美中不足的是,对于历史事迹的剪裁有时还不很恰当,语言也没有能够达到新鲜活泼的境地。

*　　*　　*

① 茅塞是脑子蔽塞。

现在我们讲到明前期的散文和诗歌。

明代文学是在宗派斗争中进展的。唐宋时候兴起的"古文",到这时渐渐产生流弊,所以就有不少作家主张学习周秦西汉的文章,来纠正缺点,如以李梦阳、何景明为首的"前七子"和以李攀龙、王世贞为首的"后七子"等。他们对于诗歌,主张模仿盛唐。他们的作品虽有"假古董"的嫌疑,但有正义感的作者仍然能够接触到当时的现实,如李攀龙的《送宁津县训导张伯寿序》:

> 乃今大者不敢赴会,拓社稷之业;其次顾忌相视,不为进思;最下不得守其挈瓶之智。虽有俊臣,亦皆寓言吏隐,汩没省署,仿迴公养而已。①

这里官僚政治的丑态,被真实地揭示出来了。

这时有归有光、唐顺之等反对他们模仿秦汉的办法,而主张学习韩柳的精神。他们对文字要求做到朴素、干净,归有光的散文尤其传诵。有光字熙甫,昆山(今江苏昆山)人,1506年生,1571年死。他长于用平易近人的文字来写日常琐事,有感动人的力量,如《寒花葬志》:

> 婢,魏孺人媵也,嘉靖丁酉五月四日死,葬虚

① 赴会拓社稷之业,是说参加有利于国家建设的行为;不为进思,是说不想前进;挈瓶之智是小的智慧。俊臣是优秀的官吏;寓言是假托;吏隐是隐于吏,意思是说虽然做官,但和隐居差不多,并不热心做事;汩没是埋没;省署泛指一般政府机关;仿迴是徬徨回翔,留恋不能离去;公养是官吏薪俸。

邱。事我而不卒,命也夫!婢初媵时,年十岁,垂双鬟,曳深绿布裳。一日天寒,爇火煮荸荠熟,婢削之盈瓯。余入自外,取食之,婢持去不与,魏孺人笑之。孺人每令婢倚几旁饭,即饭,目眶冉冉动,孺人又指余以为笑。回思是时,奄忽便已十年。吁,可悲也已![1]

不过归、唐两人的文章都不免有八股文的影响,所以成就就受到限制。

明前期有一些散曲的作家更值得我们注意,尤其王磐和冯惟敏。磐字鸿渐,高邮(今江苏高邮)人,约生于十五世纪中年,死于十六世纪初年。他喜欢游览,能够用优美的语言写出大自然的美:

牛羊放,散不收,正平川夜晴如昼。向青天此宵权借宿,绿蓑衣铺着星宿。(《落梅风》)

但是他并没有忘记老百姓的苦难:

听元宵今岁嗟呀,愁也千家,怨也千家!(《元宵》)

因此他把引起"遍地下生灾"的恶势力,看做势不两立的仇敌,希望它早日消亡(《久雪》套数)。

冯惟敏字汝行,临朐(今山东临朐)人,1511年生,死于1580年左右。起初他也想做个好官,但当时的政治环

① 魏孺人是作者妻;媵是陪嫁的人;虚邱是荒山;爇是烧;瓯是小盆;冉冉是渐渐;奄忽是迅速。

境不允许他,所以最后被迫去职了。他写了四百几十首散曲,大都具有极其丰富、极其深刻的社会意义。例如他在《徐我亭归田》里揭露官场的丑态:

> 踩着他转关儿登时成败,犯着他诀窍儿当日兴衰。几曾见持廉守法躲了冤业,都子为爱国忧民成了祸胎,论甚么清白!①

他最恨贪污,他曾托之于阴司而讽刺受贿的罪行:

> 有钱的快送来,无钱的且莫慌,寻条出路翻供状。偷与我金银桥上砖一块,水火炉边油两缸,残柴剩炭中烧炕。若无这般打典,脱与我一件衣裳。(《三界一览》)

对农民的生活和生产,他是非常关心的;他看见农作物得到雨的滋养,高兴地唱道:

> 都开罢,乔花、豆花,眼见的葫芦棚结了个赤金瓜!(《喜雨》)

在感情上能够这样和农民打成一片的作家,在文学史上是不多见的。他的语言也是从广大人民的口语中提炼出来的,活泼、新鲜、老辣、朴素,充满着生活的气息。长篇结构都很严密,前后贯注,精神饱满。这种种互相结合起来,便产生他特有的豪放风格。

---

① 转关和诀窍在这里都是指官场中的诡计。

2. 明后期的文学

明代文学在嘉靖(1522—1566年)前后有所转变,但作家的年代有点交叉。例如归有光和冯惟敏的写作,和宋元的关系比较密切;而吴承恩和徐渭呢,启后的成分就比较多。同时,传奇也有新的发展;再加上小曲、话本等等,就造成明后期文学的盛况。

*　　*　　*

明前期的章回小说,如《水浒传》和《三国志演义》等,都是宋元"讲史"的变种,作者常常不止一个人。后期的《西游记》和《金瓶梅词话》便不然,《西游记》故事来源虽然很早,这部小说却主要是吴承恩个人的创造;《金瓶梅词话》作者姓名虽不传,但和话本距离却越来越远了。

吴承恩字汝忠,淮安山阳(今江苏淮安)人,约生于1500年左右,死于1580年左右。他家里比较贫寒,考试和做官都不很得意。晚年弃官回家,从事著述。

在吴承恩的全部著作中,《西游记》最流行。他继"取经诗话"和元明人演取经故事的戏剧之后,写成这部长篇,卓越地歌颂了反抗的精神和坚韧的斗争意志,也暴露了社会的黑暗。取经的故事中虽然充满了神和魔,但通过作者天才的创造,《西游记》却变成了一部曲折地写人的小说。例如孙悟空,那是猴性与人性的巧妙融合,是人类某种类型的代表者。这个形象是根据中国人民克服困难、反抗封建统治的种种浪漫的想象,出色地创造成功的。他大闹天宫时,向如来唱道:

灵霄宝殿非他久,历代人王有分传。强者为尊该让我,英雄只此敢争先。(第七回)

又说:

他虽年幼修长,也不应久占在此。常言道:"皇帝轮流做,明年到我家。"只教他搬出去,将天宫让与我便罢了;若还不让,定要搅攘,永不清平!(同上)

参加了取经的工作以后,更突出地体现出他的为崇高目的而排除困难、斗争到底的毅力,他的败敌致胜的机智和勇敢,他的替别人解除苦难的善良的品德,他的乐观精神和幽默的风趣。他无疑是中国古典文学中最辉煌的形象之一。

此外,如猪八戒、唐三藏等,写得也相当成功。八戒虽然是笨拙、粗心、馋嘴、好色,但也有天真和勤劳的优点,终于跟随着完成取经的任务,在读者心目中留下一个滑稽可笑而坦率可亲的印象。三藏本来是历史上实有的人物,作者也能细致地写出他的百折不回的坚定意志,仁慈忠厚的性格,虽然有时不免拘泥而不明事理。

在塑造人物的同时,作者也揭露了复杂的社会生活中的尖锐的矛盾,统治者对叛逆者的迫害,政治的腐朽和官吏的昏庸、贪污。书中一面有严峻的批判，辛辣的讽刺，一面又笼罩着幽默的气氛，这就造成它的光辉的艺术成就。

《金瓶梅词话》的作者大概是十六七世纪间的一位山东人，里边主脚是清河商人西门庆。通过个人的家庭生活来表现社会的各个方面，是这部小说的特点。它描绘了商人在当时社会中的活跃情况，反映了市民阶层和其他阶级阶层间的复杂关系，同时也深刻地揭露了剥削阶级的荒淫残酷。西门庆是一个以商业高利贷发家的恶霸典型，写得那么真实、生动；以潘金莲为首的妇女群像，如吴月娘的庸弱、李瓶儿的精细、潘金莲的泼辣和刁钻，也都各有突出的形象。不过书中杂有一些不必要的猥亵的描写，这是应该批判的。

这两部小说和前期的《水浒传》与《三国志演义》曾被称为“四大奇书”，它们代表明代小说的最高成就。

* * *

在金元杂剧的基础上，明代还产生了不少新的杂剧。原来的杂剧的题材多数采自民间的传说故事，倘若这个题材为一般群众所不熟悉或不易接受的，便由作者把情节或人物改变一下，来适合群众的口味。后来的杂剧的题材却多数是只有高级知识分子才熟悉，才觉得有意思的故事。除题材外，作品中所表现的思想意识也和以前不同，常常看到些讽刺古代圣贤君相的自由思想。同时，在体裁、语言、音乐上,都有些变化。这些变化,到明后期便明显了。这时的主要作者有徐渭、叶宪祖、陈与郊、孟称舜等,而徐渭最突出。

徐渭字文长,山阴(今浙江绍兴)人,1521 年生,1593 年死。在他的杂剧里,明显地反映出正在萌芽的民主思想,一方面反对封建传统的事物,一方面尊重个性,要求解放。他的作品有《四声猿》(包含四个杂剧:《狂鼓史》《玉禅师》《雌木兰》和《女状元》)和《歌代啸》。它们的最大特点就是反抗性强烈,一方面嘲骂了贪淫狠毒的官吏和寺院的禁欲清规,一方面也赞扬了有才能的妇女和因反抗权相而遭杀害的才人。它们的语言新鲜、活泼,切合实际,富有风趣;虽然不完全是人民口头的活语言,却具有创造性,是作者自己经过辛勤的劳动而获得的。在曲调和音律上,在体裁上,常常突破过去的规则。缺点是故事性不强,因为作者把剧本当作抒情诗来写了。

明代中年以后,传奇也出现了变化。题材方面不再以民间传说为主,而常常由作者自己从历史或现实生活中汲取素材,加以创造,来反映现实,批判现实。昆腔的形成,也在这个时候。知名的作家有梁辰鱼、沈璟、汤显祖、高濂、孙仁孺、李玉等,其中汤、李的地位最高。

汤显祖字义仍,临川(今江西临川)人,1550 年生,1617 年死。他的骨头是硬的,做官时不怕得罪权贵。在思想上,他接近当时的民主潮流。他的主要作品是"临川四梦”:《邯郸记》《南柯记》《紫钗记》和《还魂记》。

《还魂记》(即《牡丹亭》)是他的代表作,里边充满着反对封建礼教的进步思想。他首先控诉了封建家教的毒害,其次歌颂了具有超越生死力量的爱,创造了一个有代表意义的人物形象杜丽娘。她是一个被剥夺了爱的自由和幸福的少女的典型,曾沉痛地唱道:

> 原来姹紫嫣红开遍,似这般都付与断井颓垣。良辰美景奈何天,赏心乐事谁家院?朝飞暮卷,云霞翠轩;雨丝风片,烟波画船。锦屏人忒看的这韶光贱!(《惊梦》)①

她的伤春,实即自伤,极能表达出同一类型的人们的心情,所以她就成为古典戏曲中最动人的妇女形象之一。通过这个形象,这剧能够感染了无数的读者,特别是青年男女们,使他们更英勇地为自己的美好生活而斗争。语言的华美、新颖、生动、自然,也增加这剧的成功。

其他几个剧虽稍次于《还魂记》,但同样富于反抗性。表面上讲了些仙、佛、鬼、梦,但实际上却蕴藏着作者对丑恶现实的无比的憎恨,因而在作品中就充满着辛辣的谴责。

李玉字玄玉,吴县(今江苏州)人,大约生于1590年②,死于1660年。他的作品有三十多种,较重要的是

① 姹是娇嫩;嫣是笑的美态;韶光是春光。

② 编者按:“年”后原有“左右”二字。

《清忠谱》《万民安》和“一人永占”(《一捧雪》《人兽关》《永团圆》《占花魁》),而《清忠谱》尤推杰作。它写明末苏州数以万计的市民和其他阶层的人民,英勇地对于罪大恶极的魏忠贤和他的狗腿子作斗争。作者这样深刻地表达了群众的愤怒:

> 义侠吴门遍九垓,千古应无赛。今日里公愤冲天难宁耐,怎容得片时捱。任官旗狼虎威风大,俺这里呼冤叫枉,喧天动地,管教你一霎扫尘霾!(《义愤》)①

这斗争进行时,作者正三十多岁,所以他很可能亲自看到或参加的。《万民安》写的是他同时的人民集体反抗增税的斗争。在明传奇中,这些都是极可贵的作品;它们反映着当时社会的主要矛盾,而作者是站在人民一面的。

*　*　*

明后期的文学,我们还应该讲到当时诗文上反对拟古的袁宏道等作家,讲到民间流行的小曲、弹词、鼓词等,以及一些话本小说。

上文曾讲到一些拟古的主张,后来引起不少人反对,其中袁宗道、宏道、中道兄弟三人可以做代表。他们都受到当时民主思想的感染,在文学上不赞成模仿古人,更不赞成抄袭古人的字句,要求发挥作者的个性。所以他们的作品里就充满着自由放纵的思想情感,语言也新鲜

---

①　九垓指极遥远的地方。

流利：

> 粪里嚼查，顺口接屁，倚势欺良，如今苏州投靠家人一般。记得几个烂熟故事，便曰博识；用得几个见成字眼，亦曰骚人。（袁宏道《与张幼于尺牍》）①

这里把当时烂调文人骂得多么痛快！不过这一派的作品有时不免有空洞油滑的毛病，因而钟惺与谭元春等人主张用奇僻的字句来纠正。这当然也不是最好的办法，所以流弊也是有的。明末综合袁、钟诸人之长而获得高度成就的有张岱。他在祖国遭受异族蹂躏的时候，忍受着种种生活上的痛苦，躲在深山里写作，留下《陶庵梦忆》等书。

明代流行的小曲，是指南北曲以外的俗曲；它们大都为人民所创造，为人民所喜闻乐见，所以能够广泛地传诵。它们所写的多为坦白、真挚的爱，甚且透过爱的坚持而体现出某些人们的痛苦来，如：

> 露水荷叶珍珠儿现，是奴家痴心肠把线来穿。谁知你水性儿多更变：这边分散了，又向那边圆。没真性的冤家也，随着风儿转。（《挂枝儿》）

语言朴素、亲切，是它们的特点。当时有些作家爱向它们学习，从而在一定程度上纠正了散曲中逐渐僵化的毛病。

鼓词和弹词都是讲唱性的作品，前者流行于北方民间，后者流行于南方民间。弹词中比较著称的有杨慎的

---

①　查和渣同；投靠家人是地主家里的奴仆；骚人就是诗人。

《二十一史弹词》等。鼓词中也有不少优秀的作品。如贾应宠《历代史略鼓词》,对所谓“正统”的历史表示怀疑,拆穿了统治阶级的谎言。这里我们要特别提出一篇与鼓词相近的作品,明清间归庄的《万古愁》。作者一面颂扬明代推翻元人统治,痛骂卖国的败类;一面尖锐地批判了所谓圣贤,包含孔、孟在内。如《变拍》说:

> 最可笑那弄笔头的老尼山,把二百四十年死骷髅提得他没颠没倒!更可怪那爱斗口的老峄山,把五帝三王的大头巾磕得人没头没脑![1]

这些进步的思想内容,结合着新鲜、生动的语言和嘹亮、和谐的音节,使这篇成为长远传诵的杰作。

* * *

最后我们研究话本。

话本本来有“小说”“谈经”“讲史”三类,明代流行的主要是“小说”。中叶以后,出现不少的总集,如《清平山堂话本》、“三言”(《喻世明言》《警世通言》《醒世恒言》)、“二拍”(《拍案惊奇》初刻、二刻)等。其中作品不但数量多,而且质量也高。它们的题材和宋元话本一样地有些不免是可惊可喜的离奇故事,但和明代的社会现实大都有密切的血肉关系。例如《蒋兴哥重会珍珠衫》《转运汉巧遇洞庭红》等,讲的都是商人的故事;而《卢太

---

① 尼山指孔子,峄山指孟子。《春秋》记周代二百四十年的事,相传孔子曾修订过;孟子宣传自己的主张的时候,常常引证古代帝王。

学诗酒傲公侯》《逞多财白丁横带》等，则深刻地批判了政治的腐朽。有几篇写当时妇女的，如《金玉奴棒打薄情郎》《卖油郎独占花魁》《杜十娘怒沉百宝箱》之类，尤其能够动人。金玉奴和杜十娘遇到的都是不忠实的男子，只有花魁王美娘和卖油郎秦重的婚姻是美满的。作者细腻地描绘了秦重怎样爱上了美娘，怎样积了钱才能到她家，她怎样醉卧不理他，而他却甘心终夜侍候她。接着作者写第二天早上的情况：

美娘那一觉，直睡到天明方醒；复身转来，见旁边睡着一人，问道："你是那个？"秦重答道："小可姓秦。"美娘想起夜来之事，恍恍惚惚，不甚记得真了，便道："我夜来好醉。"秦重道："也不甚醉。"又问："可曾吐么？"秦重道："不曾。"美娘道："这样还好。"又想一想道："我记得曾吐过的，又记得曾吃过茶来，难道做梦不成？"秦重方才说道："是曾吐来。小可见小娘子多了杯酒，也防着要吐，把茶壶暖在怀里。小娘子果然吐后讨茶，小可斟上，蒙小娘子不弃，饮了两瓯。"美娘大惊道："腌巴巴的吐在那里？"秦重道："恐怕小娘子污了被褥，是小可把袖子盛了。"美娘道："如今在那里？"秦重道："连衣服裹着，藏过在那里。"美娘道："可惜坏了你一件衣服。"秦重道："这是小可的衣服有幸，得沾小娘子的余沥。"美娘听说，心下想道："有这般识趣的人！"心里也有四五分欢喜了。

这里不但说明了秦重的忠厚体贴,美娘的知人,也说明了为什么一个红极一时的花魁会嫁一个卖油郎,为什么他们的结合是美满的。情节新奇而又完全合乎生活逻辑,是话本成功的主要因素。

3. 清代的文学

十七世纪中年以后,诗歌散文方面的成就比较差,小说戏剧的繁荣却超过了以前。应该特别提出的是:《聊斋志异》的作者蒲松龄,《长生殿》的作者洪昇,《桃花扇》的作者孔尚任,《儒林外史》的作者吴敬梓,《红楼梦》的作者曹雪芹。

* * *

蒲松龄字留仙,淄川(今山东淄川)人,1640 年生,1715 年死。他在科举上不得意,终身教蒙馆。著作很多,《聊斋志异》成就最大。

《聊斋志异》取材于神仙狐鬼的故事,以及某些人士的异行。通过这些记载,作者讽刺了残暴贪污的官吏,批判了科举制度,同时又同情人民的苦难,同情妇女,肯定真挚的爱和反礼教的行为。如《促织》《王子安》《连城》《黄英》《仇大娘》《梦狼》等,都写得极为成功。《促织》

写统治者喜欢斗促织，责令老百姓搜觅好的虫；成名捉不到好的，被打得腿上流脓血；偶然得到一只，便藏起来以便上缴：

> 成有子九岁，窥父不在，窃发盆；虫跃掷径出，迅不可捉；及扑入手，已股落腹裂，斯须就毙。儿惧，啼告母；母闻之，面色灰死，大惊曰："业根，死期至矣！而翁归，自与汝复算耳。"儿涕而去。未几而成归，闻妻言，如被冰雪；怒索儿，儿渺然不知所往。既而得其尸于井，因而化怒为悲，抢呼欲绝。夫妻向隅，茅舍无烟，相对默然，不复聊赖！①

不料儿子的精神却变为促织，父亲献上去以后，由于虫子的善斗，不但经手的官吏们都升官发财，连成名也得到了好处。作者一方面生动地描绘了捕促织和斗促织的情况，刻画了老百姓家破人亡的惨状，一方面也尖锐地控诉了官吏们邀宠虐民，人民的哀乐完全依靠统治者的喜怒。情节虽似离奇，含意却是极其沉痛动人的。

蒲松龄还写了一些"通俗俚曲"，能够用朴素而幽默的语言，触及政治上和家庭间的一些问题，人物和故事大都有丰富的生活气息和现实基础。

*　　*　　*

清代传奇作者有李渔、洪昇、孔尚任、蒋士铨等，而

---

① 斯须是很短的时间；业根是骂儿子的话；而翁是你的父亲；抢呼是抢地呼天，抢地是头触地；聊赖是依靠，不复聊赖有无可奈何的意思。

洪、孔更重要。洪昇字昉思,钱塘(今浙江杭州)人,生于1645年,死于1704年。他的作品有《长生殿》,写杨贵妃和唐明皇的故事。它一面歌颂能够冲破生死局限的爱:

> 神仙本是多情种,蓬山远,有情通。情根历劫无生死,看到底终相共。(《重圆》)[①]

一面也严厉地批判了腐朽残酷的统治阶级:

> 一班儿公卿甘作折腰趋,争向权门如市附。……可知他朱甍碧瓦,总是血膏涂!(《疑谶》)[②]

剧中有鲜明的人物面貌,有生动的历史画面,有精细的穿插,有华美而新鲜的语言,有和谐的音律。不过因为作者要使贵妃与明皇在天上团圆,所以在后半部增加了些不必要的节目,因而全剧的结构就显得松懈了。

孔尚任字季重,曲阜(今山东曲阜)人,1648年生,1718年死。他的生活比较清苦,在治河期间比较能够接近劳动人民。他的作品主要是《桃花扇》,还有与顾彩合作的《小忽雷》。

《桃花扇》写明代亡国的故事,通过亡国的惨痛事实来激发观众对祖国的热爱,对昏君奸臣的仇恨。作者拿侯方域和李香君的恋爱故事做线索,来深入挖掘明亡的原因;他认为主要由于官僚地主阶级的卑鄙无耻,自私自

---

① 蓬山指神仙所在的地方;劫是梵语“劫簸”的简称,指一个较长的时期,历劫是经历了极长的时期。

② 折腰是鞠躬下拜,折腰趋的意思是说无耻的奉承;如市附的意思是说依附权门的人极多,好像闹市。

利，压榨人民，排斥正人，出卖祖国，投降异族。例如在《会狱》里写当时正派人物侯方域、陈贞慧、吴应箕、柳敬亭等人被捕入狱后所见的景象：

碧澄澄月明满天，凄惨惨哭声一片。墙角新鬼，带血来分辩。……冤声满狱，锒铛夜徽缠。……莫说文章贱，从来豪杰，都向此中磨炼。……囹圄里，竟是瀛洲翰苑。①

通过牢狱的情况，作者揭示了当时政治的混乱，误国卖国者对爱国殉国者的陷害。他歌颂了正人，鞭挞了奸邪，正说明他的感情和人民是相一致的。

总之，作者能够在历史真实的基础上创造了艺术的真实，写出了多种多样的具有代表性的人物形象和社会图景。全剧结构是谨严完整的，语言也高度个性化，富有表现力。

孔、洪以后，传奇渐渐衰落，它的地位渐渐为地方戏所代替了。

*　　*　　*

清代继明代之后，章回小说还在发展。在鸦片战争以前的作品中，《儒林外史》和《红楼梦》最为杰出。

《儒林外史》作者吴敬梓字敏轩，全椒（今安徽全椒）

① 锒铛是铁链；徽是绳索。囹圄是监狱；瀛洲是神仙所居的地方，翰苑是文人聚会的地方；因为唐太宗曾令人绘十八学士象，时人比之为登瀛洲，所以这里这样说。

人,1701 年生,1754 年死。他的家庭是一个典型的官僚地主的家庭,他本人却是这样一个家庭的叛徒。在《儒林外史》中贯串着一个中心思想,那就是反封建。作者的辛辣的讽刺,首先针对着吃人的封建礼教,其次就针对着丑恶的科举制度。科举中的人,以升官发财为唯一目的,既没有学问,更没有品德,只能成为统治阶级的帮闲或帮凶。例如在第三十二回里,臧蓼斋向杜少卿借钱,打算求个"廪生"的头衔;少卿问他做廪生有什么用,蓼斋说,可以做官、坐堂、打人。所以少卿骂他:

你这匪类,下流无耻极矣!

又如在四十七回里,五河县的士大夫们送祖先的神主进节孝祠,虞、余两家的子孙为了奉承当时正在做大官的方家,都去跟在方老太太的神主亭后边了。所以余特气地向虞华轩说:

我们县里,礼义廉耻一总都灭绝了!

作者经过自己的体认和观察,深深感到封建社会的虚伪和腐朽,就拿文艺做武器,来戳破封建社会的脓疮,获得了辉煌的成就。

《红楼梦》前八十回是曹雪芹作的,后四十回是高鹗作的。雪芹名霑,祖籍丰润(今河北丰润),隶正白旗汉军,1715 年左右生于南京,1763 年 2 月 12 日死于北京。鹗字兰墅,铁岭(今辽宁铁岭)人,隶镶黄旗汉军,生卒年月未详,续《红楼梦》是在 1791 年左右。

《红楼梦》写典型的封建贵族的生活，唱出了这些剥削者的挽歌。为了过享乐腐化的日子，他们不能不加紧对农民的压榨，不能不用卑鄙残酷的手段来给老百姓制造灾难，可是最后还是不能免于衰落、败亡。荣、宁二府中的人物，男的如贾政、贾赦、贾琏、贾珍、贾蓉，女的如贾母、邢夫人、王夫人、凤姐、尤氏，或者摆起一副假正经的面貌，实际上自私自利到极点，或者荒淫残暴，贪赃枉法，公开的为非作歹。贾家的丑行，集中表现在第七回焦大的几句话里：

> 那里承望到如今生下这些畜生来，每日偷鸡戏狗，爬灰的爬灰，养小叔子的养小叔子。我什么不知道？

这是当着凤姐、尤氏、贾蓉面前，大胆说出来的。后来在第六十六回里柳湘莲为了和尤三姐订婚的事，脱口向宝玉说："你们东府里，除了那两个石头狮子干净罢了！"其实岂止东府，西府也未尝不这样。两府生活的穷奢极欲也集中表现在第三十九回刘老老的几句话里：

> 这些螃蟹……再搭上酒菜，一共倒有二十多两银子。阿弥陀佛！这一顿的银子，够我们庄家人过一年了。

这些正是封建社会崩溃前夕的贵族地主阶级的真实的写照。曹雪芹揭露了这种腐朽的生活，也就是批判了这个没落的阶级；他在思想上、感情上，不自觉地符合于广大人民群众的愿望。

曹雪芹一方面否定了封建家庭、封建社会，一方面也创造了两个光辉的正面人物贾宝玉和林黛玉。他们具有富于煽动力的叛逆性格，坚决地反对封建传统的一切。宝玉不喜欢和士大夫来往，不愿学八股，重视女性，同情婢仆。黛玉在这些地方，是和宝玉接近的。就在这个反对传统压制，要求个性自由发展的共同愿望的基础上，他们中间产生了忠诚而纯洁的爱。在这两个形象的塑造上，高鹗的续作和前八十回没有什么重要的抵触。最后，黛玉抑郁而死，宝玉被迫出家，因为这种和封建制度尖锐对立的性格必然为腐朽势力所不能容忍。这种性格在一定程度上，能够表现了封建社会崩溃前夕的人民共同性格的特征。

一百多年来，这部曹作高续的巨著作为一个整体来获得广大读者的热爱，成为空前的不朽的杰作。

此外，清代小说还有无名氏的《醒世姻缘》、李汝珍的《镜花缘》等。

* * *

最后，我们简单地谈一谈当时的地方戏。

地方戏是指杂剧、传奇以外的戏剧而言。地方戏的来源很早，可以上溯到明代。到十八世纪的时候，地方戏就越来越盛行。传奇只为少数上层分子所欣赏，而广大群众却偏爱地方戏。当时戏剧的中心地区是北京和扬州。

地方戏中虽然不免还有些保守和迷信的毛病，但是我们仍然可以在里边听到人民的伟大的脉搏，听到他们控诉的呼声和反抗的号角。有不少的作品都洋溢着对广大人民的同情，对剥削阶级的仇恨；常常拿丑脚来扮演皇帝，常常无情地揭露统治者的荒淫残暴。

地方戏大都取材于历史故事，这些故事通过民间无名氏的天才创造，便获得了更动人的艺术成就，也具备了更广泛的教育意义；如演"水浒"英雄阮小七故事的《打鱼杀家》和演三国赤壁之战的《群英会》，都是很好的例子。有时也从现实生活中直接汲取题材，如嘲讽小市民自私和虚伪的《借靴》等，也是比较成功而为观众所喜爱的。

到鸦片战争以后，地方戏就更加繁荣起来了。

*　*　*

以上略述明清的文学。这是祖国文学发展的第五个阶段。这时期的诗歌和散文都退居次要的地位，而小说和戏剧在文学史上的比重却越来越增加了。由于生产力的发展，萌芽了资本主义经济因素，使阶级斗争越发复杂化、尖锐化，人民的力量也越发高涨，因而作家和作品的倾向性也越发明确了。

复习题

1.《琵琶记》有什么优点和缺点？

2.《水浒传》为什么为广大读者所喜爱？

3. 冯惟敏散曲的特点是什么？

4. 汤显祖“四梦”的中心思想是什么？

5. 拟古和反拟古的斗争，在文学的进展上有什么意义？

6. 话本里主要反映些什么社会现实？

7. 什么是蒲松龄的主要成就？

8.《红楼梦》怎样创造了叛逆性格？

七　鸦片战争到五四运动的文学

1840年鸦片战争以后，一直到1919年五四运动前夜止，是中国古典文学发展历史上第六个阶段，也是最后一个阶段。

在清代后半期，欧美资本主义国家不断地向清王朝进行经济侵略和军事侵略。渐渐地，世界资本主义进入帝国主义阶段，经济侵略就从商品输出转变为资本输出。这样不但破坏了中国封建社会的自给自足的自然经济的基础，而且使中国的经济成为帝国主义经济的附属部分。所以长期的封建社会崩溃而成半殖民地半封建的社会，同时在阶级关系上也起了变化。

在这时候，中国人民一直进行反抗的斗争。从鸦片战争起，接着有太平天国农民革命运动、义和团反帝运动，以及戊戌变法、辛亥革命等。直到五四运动的前夜，八十年中前仆后继地从事于旧民主主义的革命工作。但是由于资产阶级的软弱无力，又缺乏先进工人阶级的领导,所以不可能完成这革命的任务,终于先后失败了。

这时优秀的作家都是站在人民一面的,至少是同情人民的。另外也有些为反动势力服务的作家,那必然要为时代所淘汰了。

* * *

八十年中产生的诗人,主要有张维屏、魏源、朱琦、黄遵宪等。前三人的作品能够沉痛地描写出第一次鸦片战争中的真实情况,如统治者的昏庸怯懦,人民的英勇激昂。张的《三元里》,魏的《前史感》和《后史感》,朱的《感事》等篇,都是富有现实意义的。黄遵宪是当时自称为进行“诗界革命”而写“新派诗”的重要作家之一。“新派诗”多数是比较浅薄,但黄诗却比别人的好,其中常常洋溢着爱国主义思想,能与当时国内外政治社会的现实密切结合,语言也丰富而自然。如他的《悲平壤》记牙山、平壤之败,对于丧师辱国的将军致以严峻的谴责:

> 三十六计莫如走,人马奔腾相践蹂。……一将拘囚一将诛,万五千人作降奴!

此外如《东沟行》《台湾行》等也都是比较好的作品,和当时一般诗人所做的假古董是完全不同的。

散文方面主要作家有林则徐、章炳麟、梁启超诸人。林则徐是人所共知的反对鸦片输入的中坚人物,他从自己的生活实践和政治斗争出发,写出有血肉、有锋铓的文章,如《拟谕英咭唎国王檄》《附奏东西各洋越窜夷船严行惩办片》等。章炳麟的文章大都是艰深的，但因他是个热情的革命者，所以与鼓吹革命有关的作品还是能够写得[①]比较好，如《中夏亡国二百四十年纪念会书》，里边说：

昔希腊陨宗，卒用光复；波兰分裂，民会未弛。以吾支那方幅之广，生齿之繁，文教之盛，曾不逮是偏国寡民乎？是用昭告于穆，类聚同气，雪涕来会，以志亡国。[②]

充沛的爱国热情，给作品以一定高度的感染力量。梁启超是提倡“新文体”的。他自己曾指出新文体的优点是：一方面平易畅达，时常掺杂偶语、韵语，或外国语法，服从写作的需要，不受拘束；一方面条理明白，感情丰富，对读者有说服感动的力量。所以他的散文在清代末年及民国初年是很流行的。

这时候的小说作家有石玉昆、刘鹗、韩邦庆、李宝嘉、吴沃尧、曾朴等，而后三人成就更好。李宝嘉的作品主要有《文明小史》《官场现形记》等。他无情地揭发了外国传教人员的横行霸道，谴责了封建官僚的卑鄙残暴。吴沃尧写的小说很多，以《二十年目睹之怪现状》为最著称。他抨击的对象除官僚外，还有商人、文士，而对一些冒充风雅的所谓才子的丑态，写得尤其淋漓尽致。曾朴的代

① 编者按：“得”字原作“的”。

② 陨宗是说亡国；方幅是国土面积；生齿是人口；昭是父亲，穆是儿子，昭告于穆是说一家人互相传告；雪涕是擦眼泪。

表作是《孽海花》,用名妓赛金花的故事做线索,真实地描绘了清代末年社会的形形色色,对当时的黑暗政治和腐朽官僚都批判得比较深刻。例如在第五回里写庄仑樵,做穷京官时欠了债都还不起;后来迎合了皇帝的心理,渐渐就阔气起来了。但是等到派他处理中法战事的时候,他却误尽了国家:

> 将领既不熟悉,兵士又没感情;他却忘其所以,大权独揽,只弄些小聪明,闹些空意气。那晓得法将孤拔倒老实不客气的乘他不备,在大风雨里架着大炮打来。仑樵左思右想,笔管儿虽尖,终抵不过枪杆儿的凶;崇论宏议虽多,总挡不住坚船大炮的猛;只得冒了雨,赤了脚,也顾不得兵船沉了多少艘,兵士死了多少人,暂时退了二十里,在厂后一个禅寺里躲避一下。(第六回)

这部小说虽然没有写完,但在这时期的作品中,成功是最突出的。

此外,林纾、吴梼等人翻译外国小说,对这时期小说的发展,对中国人民对外国的了解,都有所贡献。

至于戏剧方面,这时杂剧和传奇已近尾声,地方戏却正在盛行。继承着鸦片战争前的《打鱼杀家》和《借靴》等名剧的优秀传统,各地区都产生了不少的富于反抗性、批判性的戏剧。到戊戌变法前后,汪笑侬曾编过一些剧本,借历史故事来宣传爱国主义思想。例如《哭祖庙》写蜀汉

亡国时,刘禅决定投降,他儿子刘谌却不愿意,最后自杀时的几句话就比较动人:

> 耳听得,城门外,金鼓喧天;料此刻,我父皇,将邓艾来见。忍见他,堂堂天子,跪倒在马前。恨不得,乱臣贼子刀刀斩;再不要,凤子龙孙,自命不凡。恶狠狠,拔出了龙泉宝剑。俺刘谌,殉国难,死也心甘。①

当时还流行一些歌唱时事的新戏,那是地方戏的一个重要支派;在当时的政治斗争上,能起一定的作用。同时,由于政治环境的影响,还逐渐产生了话剧。辛亥革命前后,有不少的话剧团体,如文友会、春阳社、春柳社、进化团等,都有不同程度的贡献。这些话剧家所演的剧,多少能反映群众对革命的要求;不过因为他们还没有艺术为政治服务的自觉性,所以结果就不能更提高了。

*　　*　　*

旧民主主义革命时期的文学,也反映出资产阶级新文化和封建阶级旧文化的斗争。可是这时候世界已经进入帝国主义时代,中国软弱的资产阶级是无法战斗到底的。所以这时作品在思想内容上,改良主义的倾向非常明显;艺术成就也不够辉煌。要使祖国的诗歌、散文、小

① 邓艾是魏国将军,来灭蜀国的;凤子龙孙指皇帝子孙;龙泉是古代有名的剑;俺本爵是刘谌自称。

编者按:汪笑侬《哭祖庙》初刊于《春柳》1918 年第 1 期;该段引文据之重新作了核订。

说、戏剧面目一新,却有待于五四运动以后的新民主主义革命时期。

复习题

1. 什么是鸦片战争到五四运动前夜的文学的共同性质?

2. 谁是当时主要的诗人和散文作家?

3. 当时小说和戏剧有些什么成就?

八 结语

从祖国古典文学的辉煌灿烂的历史上，显然可以看出三点优秀的传统：

首先是现实主义与积极浪漫主义的写作原则。祖国的成功的作家都能够正确地理解现实，描写现实；他们能够认识到什么是最充分、最尖锐地表现一定社会力量的事物，也热情地憧憬着幸福的将来。在中国封建社会里，领主和农奴、地主和农民的斗争是最基本的，而领主和地主、世族地主和新兴地主、地主和市人阶层之间也存在着矛盾。在阶级矛盾之外，有时还交织着民族矛盾。现实的斗争是尖锐的，未来的希望是美丽的。这些斗争和希望在古典杰作中都通过不同的写作手法而有极其真实、生动的体现。

其次是人道主义的精神。正直忠实的作家，必然地热爱人民，至少是同情人民；他们不能不为人民的灾难而流泪，也不能不为人民的胜利而欢呼。他们不但在生活上、感情上接近人民，在写作上也愿意向人民学习，因而提高了艺术上的成就。爱人民的作家自然会有替人民改善命运的意念，也可能注意到整个人民利益的问题上去，所以他们的作品就会有一定程度的人民性。

最后是热情的爱国主义。优秀的作家们都懂得，人民所建立起来的美丽的祖国，和剥削阶级的专制政府，是不能混为一谈的。他们无情地揭露统治者的罪行，但同时却热情地歌颂人民所建立的祖国，歌颂人民所创造的祖国的光辉的文化，歌颂在社会历史环境中所培养成功的勤劳勇敢的民族性。无可否认，爱国主义和人道主义一样，是我们伟大古典文学的主要创作原则，是古典文学现实主义优秀传统的基石。

在这些光荣的传统之下产生的文学作品，在样式上也是丰富多彩的。诗歌方面有四言、五言、七言，有古体、律诗、绝句，有乐府、词、散曲；散文方面有古文、骈文；小说方面有传奇、话本、章回小说；戏剧方面有杂剧、传奇、以及地方戏等等。这些多样化的体裁，历代作家各有专长；通过每个作家特有的艺术手法，创造出古典文学上的百花齐放的伟大成绩来。

* * *

1919 年五四运动以后，祖国历史上从资产阶级领导的旧民主主义革命时期，转入无产阶级领导的新民主主义革命时期。在文学方面，也就从古典文学的现实主义与积极浪漫主义出发,向社会主义现实主义迈进。这时期内,鲁迅先生是个伟大的旗手。他体现了无产阶级思想对文学的领导,表现了共产主义宇宙观和社会革命论对文学内容的支配性的逐渐加强,也代表了在文艺领域内的反帝反封建精神的彻底性和不妥协性。

1942 年毛主席发表了天才著作《在延安文艺座谈会上的讲话》,明确了文学为工农兵服务的方向,社会主义现实主义的文学更获得了空前的发展。

1949 年建立了人民民主专政的中华人民共和国,胜利地完成了新民主主义革命。全国人民继续在中国共产党和毛主席的英明领导下,为建设社会主义而奋斗。作家们为祖国建设飞跃进展所鼓舞,为祖国伟大文学遗产所启发,正在遵循着毛主席所指示的道路,为创作更多的优秀的作品而努力。

复习题

1. 祖国古典文学的特点是什么?
2. 什么是祖国文学今后发展的方向?

新版后记

《中国古典文学简史》是陆侃如、冯沅君二位先生合撰的文学史经典教材之一，这次再版所采用的底本是中国青年出版社1957年的版本。这本书当时固然是为中学生写的，但是在今天，除了可以继续供中学师生阅读，显然还可以作为大学师生学习古典文学的参考读物。本书因是特定时代的产物，难免留有时代的印记，但作者故去四五十年了，不便再作较多修订。因此，这次重版谨遵修旧如旧的原则，瞻仰前璧，不敢妄动，尊重原来内容、形式和表达习惯，内容提要、自序、目次、引言、正文和注解等一仍其旧，可改可不改者一般不改。修订之处约略如下。关于内容方面：①再版第35页，曹植《太（泰）山梁甫行》引文中的“险阻”正为“林阻”；②第38页，鲍照《拟行路难》引文和注解中的“迭蹀”订为“蹀躞”；③第51页，杜甫《绝句二首》其二引文“山青花欲然”改作“山青花欲燃”，采用了通行易解的异文；④第60页，苏轼《赤壁怀古》词题前加了词牌名“念奴娇”；等等。这种改动必要时加页下注，以“编者按”的提示形式作说明。关于形式方面，主要有五种情况做了统一处理：①底本用双引号代替书名号者，今一律改为书名号；②底本用作“好像”义的“象”字，今一律改为“像”；③底本的公元纪年原作汉字形式，今一律改为阿拉伯数字形式，其他数量表达形式不改；④再版第23页，将底本注音改为汉语拼音形式。⑤类推简化了“巇”“巇”等字。其他个别标点偶有修订。

山东大学文学院杜泽逊院长主持“高等学校中文一流学科参考教材”丛书编印大局，将《中国古典文学简史》纳入其中，嘱我审读，遂与出版社张铭芳编辑等共襄雅事。特作再版后记如上。

李剑锋于济南寓形斋

2022年5月11日